触身仏

蓮丈那智フィールドファイルII

北森 鴻

角川文庫
24131

目次

秘供養《ひくよう》 5
大黒闇《だいこくやみ》 67
死満瓊《しのみつるたま》 129
触身仏《しょくしんぶつ》 189
御蔭講《おかげこう》 237
解説　法月綸太郎 293

秘_ひ供_く養_{よう}

秘供養

（ひくよう）

『某村に伝へ聞くところに拠《よ》らば、村に住みたる何某《なにがし》、これ鉄砲撃ちなり。何某曰《いは》く、先日山路往《ゆ》く内に藪《やぶ》に迷ひたるなり。訝《いぶか》しと思へるうちに広き野原に出たるなり。そこに遊ぶ童子あり。よくよく見れば、先月神隠しに遭《あ》ひたると聞きし長者殿の年若き倅《せがれ》なり。いかがしたかと尋《たず》ぬれば、すなはち山人《やまびと》に攫《さら》はれたりと。「あな恐ろしき人なれば、早う去《い》ぬるべし。父御《ちちご》に伝へられよ。我もはや異界人なり、と」。何某遠方よりの足音を聞きしによりてその場を離れたり。以後その場所を探すも二度と再び長者が倅と出会ふことなし』

1

白と黒の世界。

常緑樹の濃い緑さえも、そこでは黒色の眷属《けんぞく》にしか見えない。そして一面の雪景色。水墨画の世界とでも表現すれば少しは気が利いているのだろうが、ときおりびょうと吹きくる寒風に我が身を晒《さら》している内藤三國《ないとうみくに》には、そこは限りなく死者の世界に近い場所にしか見えなかった。アウトドア用の腕時計に組み込まれた温度計を見ると、氷点下六度を示している。もう引き返しましょうよという提案、いや願いを込めて、

「ありませんね」

後方に声をかけたのだが、「もう少し上にいってみよう」と、蓮丈那智《れんじょうなち》の無情とも思える言葉が返ってきた。

一月下旬。しかも東北《とうほく》の山中で、積雪は優に五十センチを超えている。あらかじめスノーシューを用意していたからこそ、ここまで行軍することができた。スノーシューは、身体《からだ》が雪中《せっちゅう》に沈むのを防いでくれる。そのおかげで無駄な体力を使わずに済む

のであるのだが、それも限界に近づきつつあった。歩きはじめて二時間近くが過ぎている。歩みを進めるたびに筋肉が放出する熱量のおかげで、寒さは感じない。とはいえ、ジャケットと手袋の隙間から忍び込む極寒の冷気は、確実に指先を侵し、それが痛みに変わろうとしていた。

　自分が民俗学の研究者なのか、冬山の登山者なのか判然としなくなったちょうどその時、内藤は那智の指先が背中をつつくのを感じた。

「どうしましたか。諦《あきら》めますか」

「いや、休憩しよう。歩きづめで内藤君も大変だろう」

「……ま、いいんですけどね」

　真紅のジャケットに身を包んだ那智の指が、右斜め五十メートルほどの所にある木立をさした。そこならば風を防ぐことができるし、ザックに装備したガスバーナーを使うことができる。内藤はルートを変更して木立を目指した。

「しかし、便利なものを用意したものだね」

　ブナの木の根本にザックを降ろし、断熱材のシートを出して那智に勧めると、珍しく褒め言葉が聞かれた。そんな何気ない一言で、まるで主人に褒められた子犬のような気分になる自分が、少々疎ましくもある。が、現実には途端に相好を崩して、

「これでも学生時代は、少しですが山を囓《かじ》っていたんです」

照れ笑いを浮かべる内藤こそが、ある種の真実の姿だ。《異端の民俗学者》と呼ばれることに一片の戸惑いも感じない蓮丈那智と、その助手として翻弄《ほんろう》されることが運命づけられたかのような、内藤三國との偽らざる関係といい換えてもいい。

「冬山もやっていたの?」

「低山ハイク程度は」

ガスバーナーを点火し、ポリタンクの水をコッヘルに注ぎながら、「いい助手をもったよ」という一言を期待したが、それは淡い期待に終わった。

「本当にあるんですかネ、例のもの」

「それを確かめるのがフィールドワークだろう」

にべもない那智の言葉は、内藤をたちまち意気消沈させるに十分な効果を発揮した。無言のままインスタント珈琲《コーヒー》を入れたマグカップを渡すと、初めて笑みらしきものが浮かんだ。端整ではあるが、時に彫像の冷たさを想像させるほど無機質な美貌《びぼう》を保つ那智といえども、この寒さが堪《こた》えないはずがない。温かい飲み物を手にした瞬間の、表情がそれを如実に語っている。

――やっぱり先生も人間なんだ。

「あたりまえだろう」

珈琲で口内が暖められたせいで、より一層白さを増した吐息の向こうに、那智の

鋼鉄《はがね》の視線を感じて、内藤は背筋に冷たいものを感じた。慌てて、

「ああ、それにしても静かですねえ」

半ば裏声で歌うようにいうと、「まったくだ」と那智が同調の言葉を口にした。

ときおり吹く風に木立がざわめく。近くに小川でもあるのか、微《かす》かな水音もする。が、それさえもパウダースノーの一粒一粒に吸収されていくようで、音が音の概念を失い、別の物質として周囲の静けさを際だたせるようだ。それもただの静けさではない。

周囲を見渡すと、緩やかな斜面にいくつもの黒い岩が顔をのぞかせている。深山幽谷といった風情の光景であるというのに、そこには決して穏やかさが感じられないのである。生きとし生けるものがその命の輝きを失ったことでのみ体験できる、

――死の静寂。

限りなく死の世界に近い場所ですねと、半ばジョーク、半ば実感を込めて言葉にするつもりが、那智の表情の変化がそれを許さなかった。マグカップを唇に当てたまま、冬の東北地方の尋常ならざる寒気に、そのまま氷像と化したのではないか。そう思わせるほど、微動だにしない那智の表情と視線が指し示す先を、内藤も自然と目で追った。那智が見ているのは雪上につきだした黒い岩である。

「どっ、どうしたんです」

ややあって、那智の唇から「ここだったんだ」と、言葉がこぼれた。

「えっ？」

内藤もその一つを凝視した。辺りには、なんということのない、黒みがかった岩が一つ、二つと雪上にあるばかりである。

「いや、違う。もっとたくさんの岩がここにはある」

慌てて周囲の雪を両手で払うと、一つ、二つといった単位で点在するのではなかった。無数の黒い塊《かたま》りが、崖崩《がけくず》れの直後のようにそこ、ここにある。白と黒というコントラストに目が慣れると、ようやく岩の表面がよく見えるようになった。

「先生！」

「ああ、ここが例の場所だったんだ」

岩の表面にはそれぞれ、今にも消えそうなタッチで人物像が線刻されているのである。正確には人物像ではない。村の伝承に曰《いわ》く、

――供養《くよう》の五百羅漢《ごひやくらかん》。

柳田国男《やなぎたくにお》の『遠野物語《とおの》』ばかりでなく、東北地方には《異人《いじん》》《山男《やまおとこ》》《山女《やまおんな》》《山人《やまびと》》といった、常民《じようみん》とは違う世界に存在する人々の伝説が数多く残されている。彼らの特徴はおよそ一致していて男も女も巨軀《きよく》、常民にはない山歩きの能力をもち、山か

ら山を飛ぶように渡ってゆくといった伝説が多い。ある学者は製鉄民族のことを指しているといい、また古代狩猟民族の生き残りとする説もある。山女については、郷《さと》の娘が山男にさらわれ、強引に妻にさせられたといったバージョンが少なくない。伝説に曰《いわ》く、時を経て猟師がその娘と出会うのだが、すでに姿形まで山女になっていて、郷には戻れないと告げ、姿を消してしまう。

蓮丈那智が研究室に戻ってくるなり、

「明後日《あさって》からフィールドワークに出る」

無機質な声で宣言したのは、年が変わってまもなくのことだった。

「ちょっと待ってください。定期試験の準備はどうするんですか」

「レポートで代用させよう」

「それに予算だって」

数限りなく繰り返され、そして一度として那智を翻意させることのできなかった説得を、内藤は無駄と知りつつ試みた。あたかもそれが自らの存在を示す証《あかし》であるかのように。そして数分後には説得を諦めて、いつものように片手で胃のあたりを撫《な》でながら教務部へと出かけていった。

「興味深い伝説がある」

那智が唐突にそういったのは、東北新幹線の車中だった。

青森県に近い、奥羽山脈に抱かれたある山村に伝わる山人伝説には、一定のパターンがあるというのだ。

「それはどの伝説も同じでしょう。だからこそ聞き取り調査の意味があるわけで」

「人さらいを示す伝説が異常に多い」

「遠野物語にだって、いくつかは入っていますよ」

「問題はパーセンテージなんだ。その村には、およそ二十もの人さらい伝説が伝わっているそうだ」

「それは……少し多すぎますね」

「山人に関する伝説は、全百十九話ある遠野物語でさえ、《ヤマハハ》譚《たん》を入れても二十話あまり。さらに人さらい伝説のみとなると」

「たぶん十話に満たないかも」

「聞き取り調査の結果次第では、山人に対する認識の一端を開くことができるかもしれない」

狩人《かりゅうど》でも製鉄民族でもない。絶対的な存在としての山人。折口信夫《おりぐちしのぶ》が説くところの《トコヨ》、富と齢《よわい》との源泉であると同時に罪と掟《おきて》の根拠地でもある場所の住人として、「山人は重要な任務を帯びていたのかもしれない」

という那智の言葉を、内藤は理解することができなかった。

R村に現地入りして、地元の古老などから行なった聞き取り調査は、那智の「興味深い」という言葉をはっきりと裏づけてくれた。村にはあらゆる場所に山人の伝説が残り、その大半が人さらい伝説なのである。岩手県遠野に伝わる伝承を集めた遠野物語では、山人にさらわれるのは圧倒的に郷《さと》の娘が多い。なかには三十年以上も神隠しにあったまま行方のわからなかった《寒戸《さむと》の婆《ばば》》が突然帰宅し、「なんとしても、家の人たちに会いてがったからよ。でもよがった。みんなの顔見たから……。ほんでまず……」といい残して消え去る、哀切極《あいせつきわ》まりない話も残されている。いずれにせよさらわれるのは年若い娘であり、あるいは幼い子供であるという点において、遠野物語はバリエーションの型が決まっているのである。

ところが、R村ではあらゆる人々が山人にさらわれることになっている。女子供はいうに及ばず、老若男女《ろうにゃくなんにょ》、歳《とし》も性別も美醜もない。あらゆる人々がさらわれ、村から消えてゆくのだ。そしてたいていの場合は数ヶ月から数年の間に、山で猟師に出会うことになっている。彼らは猟師に「自分はもう山人の一員であるから、郷には戻れない。家族にそう伝えてくれ」と告げると、忽然《こつぜん》と姿を消してしまうのである。

「遠野物語の別バージョンですね」

と内藤がいうと、

「そうだ。しかもそこには明確な意志と意図とがある」

いつになく硬い表情で、那智が応《こた》えた。

「それが山人と関係があるのですか」

「郷の人間をさらってゆくのは、山人でなければならなかったんだ」

「どうしてですか」

「彼らが異界の住人だから。郷の者たちはなにがなんでも異界に連れ去られなければならなかった。しかも姿を消したのちに、いったんは郷の者に再会し、別れを告げねばならなかった」

それ以上の考察は、どれほど角度を変えて質問しても那智は応えてはくれなかった。確証がないうちは——ということは推測の域を出ないうちは——、この異端の民俗学者は決して軽々しく学説を口にしない。それがわかっていながら、内藤はもどかしかった。そんなときだ。齢九十を超えようかという、トヨという名の老女が、「村の西にそびえる山の中腹に、《供養の五百羅漢》と呼ばれる石仏群がある」と、思い出した。どうやら天明《てんめい》の大飢饉《ききん》の折、亡くなった人々への供養のために作られたものであるという。民俗学上の重要な遺物であることは間違いないが、今回の聞き取り調査には直接関係がない。そう思って聞き流そうとするのを、那智が止めた。

「いってみよう」

「簡単におっしゃいますが、低山とはいえ極寒の東北地方ですよ」

「装備は、明日にでも街で揃えられるだろう」

「どうかなあ、盛岡《もりおか》まで戻れば別でしょうけれど」

「だったら決まり。明日は盛岡で装備を集めて、明後日《あさって》、五百羅漢にいくこととする。いいね」

蓮丈那智の言葉を前に、自分には服従の二文字しかないのかと、煩悶《はんもん》しつつ、どこか諦《あきら》めてしまう自分が内藤は悲しかった。


「先生、気をつけてくださいね」

内藤は、線刻された羅漢像を調査するのに夢中になっている那智に声をかけた。足元からわずかの所に沢がある。五メートルほど切り立った崖《がけ》の下にある沢だから、

「足を滑らせると大変ですよ」

といったつもりが、その言葉が終わらぬうちに、那智の身体《からだ》が視界から消えた。

――しまった。雪庇《せっぴ》か！

雪庇は、風の作用でできあがった庇《ひさし》状の雪の塊だ。当然ながら体重を掛けると簡単に崩れてしまう。

「大丈夫ですか！」

そういいながら下をのぞき込む内藤の目に、沢に落ちたまま動かない那智の姿が映

った。

2

『右大腿部《だいたいぶ》複雑骨折により全治二ヶ月』

の診断を受け、世田谷《せたがや》区内の外科病院に入院中の蓮丈那智を、この日も内藤は見舞っていた。

「あちらのほうはどうなった？」

内藤が病室に入るなり、見舞い品のリンゴを囓《かじ》りながら那智が問うた。薄いが形のよい唇の内側からのぞく白い歯が、かりりと音を立ててリンゴの表面を砕くと、室内に甘酸っぱい香気がぱっと散った。

「調べておきましたよ。たしかに古い記録が残っていました。例の供養の五百羅漢を、あの場所に祀《まつ》ったのは、村内にある仁王寺《にんのおじ》住職の示現《じげん》大師です」

「実在の人物であることに間違いはないのかな」

「仁王寺は現存しています。そこの過去帳で確認をしておきました」

「そうか、寺は現存しているのか」

リンゴを手にしたまま考え込む那智に、

「それはともかく、試験のレポートはどうするんですか。あと三日以内には学内掲示板にテーマを発表しないと」

せっついたつもりだが、まるで我関せずといった表情と声で那智が続けた。

「たしか、羅漢像が線刻された岩は、堆積岩質《たいせきがんしつ》だったね」

「正確には火山砕屑岩《さいせつがん》、火山灰や火山礫《かざんれき》の堆積によってできた岩です」

「その特徴は？」

「まあ……比較的柔らかな岩ですから、細工がしやすいというところですか。例の五百羅漢ですが、約二百体までが確認されているそうですよ。八年ほど前に、一度教育委員会の調査が入ったそうです」

「ということは、残りの三百体は、すべて風化したということだろうか」

「あるいは、五百という言葉が極めて抽象的に使われていて、単に『多数の』という意味でしかなかったか」

那智が別のリンゴを放って寄越した。ついでのように投げかけられた「なかなか優秀な研究者になった」という言葉を、どこまで本気にしてよいものやら、迷っていると、

「あの五百羅漢の内包する問題点は？」

剃刀《かみそり》の鋭さと、鉈《なた》の重みをもった短い一言の後に、「ミクニ」と、いわれて内藤は

背筋をまっすぐに伸ばした。胸の裡に、たちまちいくつもの波紋が広がる。「内藤君」でも「三國」でもない。独特のイントネーションで我が名を呼ばれると、いつどこで、どのような状態にあろうとも内藤は同じ反応をする以外にない。

「…………」

だが、内藤はなにも語れなかった。そもそも、山人伝説の聞き取り調査に出かけた先で、偶然耳にした羅漢像である。二つの事象に因果関係があるとは思えないし、天明の大飢饉という、現代人がもっとも忘れ去っている感覚の一つ、「飢えに対する本能的な危機感」の根幹を為《な》すような大事件と、その供養のために作られた羅漢像そのものに、供養以上の意思を汲《く》み取ることなどできようはずがない。

「一つ目の謎は場所」

「明らかに、あんな山の奥に作る必要はないと思いますが」

「それがもっとも大事なことでしょう。示現大師は実在し、仁王寺は今も存在している。だったらどうして大師は自分の寺の境内に祀《まつ》らなかったの。供養とは、いつでもそれを行なえる場所にあってこそ意味があるのでしょう」

「それは……そうです」

返事をしながら、内藤は那智がすでに自分を見ていないことに気がついていた。彼女のディスカッションは、突き詰めると相手を必要としないディスカッションである。

論争の相手は彼女のなかにこそ存在している。

「謎の二つ目は、どうして堆積岩《たいせきがん》に彫ったのか」

「それは簡単に説明できます。一人の人間が五百体もの羅漢を彫るとなると一生の作業です。いや、それ以上の年数がかかるかもしれない。だからこそ岩肌の柔らかい堆積岩を選んだのだし、線刻にしたのも同じ理由からです」

「却下」と、那智の一言で、内藤の説は存在価値を失った。

「どうしてですか」

「非業《ひごう》の死を遂げたものの供養は、未来永劫《みらいえいごう》に続けられなければ意味がない。少なくとも、そうでなければ寺は重要な存在価値の一つの要素を失ってしまう」

「またそんな、即物的な」

「即物的であるからこそ、真実なんじゃないか」

そういわれると、言葉が出なかった。たしかに職業の一つとして宗教、もしくは寺の経営を考えるなら、供養の五百羅漢は寺の境内にあったほうがよいし、風化しにくい御影石《みかげ》にでも彫れば、なおよい。

「そして、なぜ五百羅漢でなければならなかったか」

そういって那智は、さる仏教系大学の教科書として使われている『宗教学ハンドブック』という書名と、仏像の見方を一般人にもわかるように説明したガイドブックの書名を挙げた。

「これらの資料を参考にした上で、以上の謎と、R村に残る山人伝説との関わりを考査せよ」

そういって、リンゴを囓りはじめた。

「せっ、先生……まさかそれがレポートの課題じゃあ」

「他に考えられる?」

そういった那智が、なぜか視線を膝《ひざ》にかかった毛布の上に落とした。気のせいか、病室で見る那智はいつもの冷徹さ、不遜《ふそん》さがやや薄まりつつあるようだ。たまには鬼の霍乱《かくらん》も悪くないかと、心中密《ひそ》かに邪《よこしま》な笑いを浮かべる内藤に、

「それよりも、頼んでおいたもの、持ってきてくれたかな」

那智が鋼鉄《はがね》の視線と共に鋭い言葉を投げつけた。

「はッ、はい。でもいいんですか」

「余計なことはいわない」

言葉に気圧《けお》されて、内藤が渋々バッグから取りだしたのは、《スキットル》と呼ばれるステンレスボトルである。二本ある。一本目にはタンカレーのマラッカジンが、もう一本にはベルモットがそれぞれ詰まっている。数日前、見舞いに訪れた内藤が「なにか欲しいものがありますか」とたずねたところ、即座に用命された品物である。

か」

「ばれても知りませんよ」

「うまくやるさ。それにドライマティーニでも飲まないとやってられないじゃない
「へっ？」

「また、お蔵入りのファイルが増えるんだから」

蓮丈那智研究室のコンピュータには、「裏のフィールドファイル」ともいうべきファイルが存在する。フィールドワークの最中《さなか》に巻き込まれた事件、それ故《ゆえ》にこそ発表できなかった事案をまとめたものだ。

「というと……」

「せめて学年末試験に役立てないと、内藤君も教務部に申し開きができないだろう」

そういって那智はジンの詰まったボトルのふたを開け、中身の匂いを嗅《か》ぐ仕草を見せた。

「提出期限は十日後」

そういったまま那智は、もはやどんな言葉をも吐き出そうとはしなかった。

翌日の授業でレポートのテーマ及び参考資料についてプリントを配ると、教場内には当然ながら当惑と不満を示す声が満ちあふれた。怨嗟《えんさ》と怒りの声といい換えても良

い。なかには卒業がかかっている学生も少なくないから、反応はごく自然のものといえた。そしてまた、長い経験からこうしたときは下手に質問を受けつけないことこそが、最上の処理方法であると知っている内藤は、足早に教場をあとにした。

研究棟まで、ベージュ色のコートを着た一人の女子学生が追いかけてきた。

「すみません、質問があるのですが」

「プリントに書いてある内容がすべてです」

当節には珍しい、化粧気のほとんどない学生の目をなるべく見ないようにして、内藤は応《こた》えた。それでもストレートのやや長めの髪の毛や、きれいに整った卵形の顔のラインが、否応《いやおう》なしに眼に入る。

「これは蓮丈先生が出されたテーマなのですね」

「もちろんです。ぼくは助手であって代理教員ではありません」

「わたし、東城弥生《とうじょうやよい》といいます」

「東城……弥生さんですか」

その名前には聞き覚えがあった。

「ああ、いつも大変丁寧なレポートを出される。蓮丈先生も褒めていらっしゃいますよ」

「本当ですか？」

嘘をついても仕方がないでしょうといっても、東城弥生の表情には、依然として猜《さい》疑《ぎ》心《しん》が宿ったままだ。

「今回のレポートのテーマですけれど、ずいぶんと具体的ですね」

弥生の問いに、内藤は言葉を詰まらせた。つい最近聞き取り調査を行なったばかりの事案であると告げるべきか、誤魔化すべきか、迷った挙げ句に弥生の視線に負けた。事実を告げると、弥生の視線が一層きつくなった。そんな気がした。

「ということは、すでに蓮丈先生はご自分の答えをもっておられるのですよね。それはあまりに過酷ではありませんか」

「過酷といわれても……ねえ」

「だって、蓮丈先生は研究者です。先生がすでに答えを見つけているものに、学生ごときが挑んでまともな成果を上げられるはずがないじゃありませんか」

「それは、あなたの誤解です」

民俗学というものは、数学のように答えが明確にあるものではない。むしろいかにして仮説を証明してゆくか。その答えがどこにもないと知りつつ、考証を重ねてゆく過程そのものが、民俗学なのだと説明しながら、

――たぶん、理解はされないだろうな。

内藤は絶望的な気分になっていった。しゃべっている内藤自身、自らの言葉が理解

できなくなりつつあったほどだ。

「では、いかに奇抜な考察を出すかで、今回のレポートの出来不出来が判断されるのですね」

「それも違います。民俗学とは決して奇をてらう学問ではありません」

「だったらどのような」

「それは、ご自分で判断することです」

きっとこうして自分も敵を作ってゆくのだろう。まあ、大学生が相手でよかった。昨今切れやすいと有名な高校生なら、とっくに袋だたきに遭っているところではないか。いや、高校に民俗学はないはずだから、などと堂々巡りしていると、意外にも東城弥生は明るい表情になって、

「わかりました、納得しましたから」

そういって笑った。

「あの……」

「わたし、きっと蓮丈先生も驚くようなレポートを仕上げられると思います。だってわたし……R村の出身ですもの」

あまりに意外な言葉に呆然《ぼうぜん》とする内藤を後目《しりめ》に、東城弥生はコートの裾《すそ》を翻すように去っていった。その姿を見送っていると、不意に背中を叩《たた》かれた。振り返ると研究

室こそ違うが、同じ歴史学科の助手という立場の敷根《しきね》晋《すすむ》が複雑な表情で立っている。

「よう、敷根」

「彼女……今は蓮丈先生の講座を受講しているのか」

「ああ、優秀だよ。最近では珍しい」

「むう、そうか。面倒を起こさなきゃいいが」

「なんだ、そりゃ。彼女になにかあるのか」

「去年まではうちのゼミに顔を出していたんだ。だが、ちょっと……ナ」

「トラブルを起こしたのか」

「多情仏心。本人に悪意はないのだが、周囲が振り回され、それが結果的にトラブルになるんだ。本人もそれを意識しているらしいから、余計に質《たち》が悪い。その点では蓮丈先生も似ていなくもないかな」

それは違うといおうとして、内藤はやめた。那智とは、あくまでも独立独歩の孤高の人である。振り回されるのは周囲の勝手で、本人にはそれを楽しもうなどという悪趣味は欠片《かけら》ほどもない。

ただ敷根のいった「多情仏心」という言葉のみが、ひどく鮮明な印象として内藤の胸に残った。

3

十日後の二月十三日。研究室に八十二人分のレポートが集まった。

レポートは四十字×四十行の書式で、三枚以上八枚以内が規定枚数となっている。手書きは不可。コンピュータもしくはワードプロセッサで作成したものをプリントアウトして提出してもよし、あるいは電子メールにレポートをテキスト形式で添付し、送信しても構わないと通達している。プリントアウト形式で提出されたレポートが六十八本。午後三時を提出期限として、メールで届いたものが、十四本であるのはすでに確認している。

那智の「フィールドワーク・民俗学各論2」の講義を受講している学生は八十六人であるから、四人の学生は単位取得を諦《あきら》めたことになる。それがむしろ内藤には意外であった。

——もっと、脱落者が出ると思ったのに。

大半の学生が三枚をようやくキープするのが精一杯であるといっても、合計で二百五十枚近くのレポートの量は決して少ないとはいえない。当然のことながら、下読みをした上でA評価・B評価・C評価に分類したものを入院中の那智に届けるのが、内藤の責務であり、それをしないと彼女の鋼鉄《はがね》の視線をたっぷりと浴びる羽目になる。

プリントアウトの形で提出されたレポートの束《たば》からランダムに二、三を取り上げて、さっと目を通してみた。

「『示現大師の生涯について』か」

ほんの数行を読んだだけで、内藤はデスクの右端にレポートを放り投げた。三枚ほどのレポートがデスクに着地すると同時に、「C評価」と、声にした。

『天明の大飢饉《ききん》における死者の実状』、C評価。

『山人《やまびと》と飢饉下における棄民の相関関係』、B評価。

『遠野物語とR村との相似と比較』、C評価。

内藤は無意識のうちに東城弥生のレポートを探していた。きっと蓮丈那智が驚くようなレポートを仕上げてみせるといった、あの自信に満ちた表情を思い浮かべながら、プリントアウトの束をめくってみたが、弥生の名前はどこにも見つからなかった。

——ということは、メールで提出か。

レポートの提出場所である教場に、弥生が出席していなかったことを思い出しながら、内藤はコンピュータを立ち上げた。そこへ、

「いるかい」

と、敷根が声をかけながら室内に入ってきた。

「ああ、少し前に教場から帰ってきたところだ」

「例のレポートはどうだった。学生の間で評判になっているぞ、いつにも増して課題が厳しすぎるといって」

「うちの講義とお前さんのところの講義は、博物館学の学芸員資格取得で被《かぶ》っている学生が多いからなあ」

「我が研究室の教授曰《いわ》く、『蓮丈君が厳しすぎるから、学生が資格を取得できなくて困る』のだそうだ」

「と、お鉢をこちらに回されても困るぜ。どのみち学芸員資格なんざ、なんの役にもならん代物なんだ。あとは……要するに想像力と調査能力とが、徹底的に足りんのだ」

那智の口癖を真似ながら、内藤は珈琲《コーヒー》を淹《い》れるために、立ち上がった。同じ助手という立場もあってか、敷根とは相通じるものを感じることが多い。もっとも、敷根はもうじき週にひとコマないしはふたコマの講義をもつことが内定しているというから、厳密にいえば同じ立場ではないのかもしれない。

「メールで送られてきたレポートを見てもいいか」

「おお。まだ着信数を確認しているだけで、中身を見ていないからついでに画面上に取り込んでおいてくれないか」

淹れ立ての珈琲を敷根に手渡した。途端に、その口から「いかん、忘れていた！」と、頓狂《とんきょう》な声があがった。

「内藤君に、お客さんだった」

「ぼくにか？　蓮丈先生の客じゃないのか」

「いや、たしかに内藤君にと……その、なんだ。狛江《こまえ》署の刑事だといっていたが」

「はあ？　なんでぼくのところに狛江署の刑事なんかが……」

「受付にいるんだ。それを伝えにきたというのに、世間話に夢中になってしまった」

「しょうがないなあ」

すぐに帰ってくるからと、留守番を敷根に頼み、内藤は研究室をあとにした。

階段を下りて一階の受付にゆくと、二人の男が応接セットのソファーに座っていた。どちらもグレーの背広をきっちりと着込み、一見では警察関係者とは思えない出《い》で立ちである。しかし、内藤を見るなり軽く頭を下げた、その仕草は明らかに一般人とは違った空気をまとっている。ことに、やや上目遣いに人を見る、二人の目つきが、であった。

「内藤三國です、なにか」

というと、一人がわざとらしいほどの笑顔を作って、

「狛江署の柳田です」

といった。ついでもう一人が「折口です」というのに及んで、

――まさか冗談だろう。柳田と折口だって？

民俗学上の二人の巨人と同じ姓をもつ警察官を前にして、内藤は言葉を失った。

「ええっと、内藤先生は大学の……」

という柳田に、

「わたしは先生ではありません。助教授の蓮丈那智先生の研究室を手伝っている助手です」

「では、学生さんを教えたりはしないのですか」

「試験監督や、レポートのテーマを、これも先生が決めることですが、先生に代わって説明したり、集めたりするのが主な仕事です。要するに研究室の雑用係ですね」

「そりゃあ、大変でしょうなあ。やはりストレスが溜《た》まったりしませんか」

溜まるに決まっているでしょうと答えようとして、内藤は二人の視線、四つの目線が自分に向けられたまま、微動だにしないことに気がつき、慄然《りつぜん》とした。

「あの……なにがあったのでしょうか」

「今日の新聞、御覧になっていませんか」

「といいますと」

「この先の多摩川《たまがわ》の河川敷で、女性の焼死体が発見されました」

「そういえばテレビのニュースで見たような気もしますが」

河川敷に不法投棄された廃車が、一昨日《おととい》の未明に炎上、車内から性別不明の焼死体が発見されたというものではなかったか。そのことを告げると、二人の警察官が同時に世にも邪悪な――少なくとも内藤にはそうとしか見えなかった――笑みを浮かべて、

「そうです、まさしくその一件です」

口を揃えていった。

「被害者の身元が判明したんですよ。遺体のすぐ近くに燃え残っていた免許証がありまして。女性なのですが、彼女がつい最近まで通っていた歯医者に治療のカルテが残っていました」

「つまりは、遺体の歯の治療痕《こん》とカルテとが一致した、と」

内藤は言葉にしてから、しまったと思った。柳田の両目が急に細く、引き絞られた。

「ずいぶんとお詳しいですな。たしか先生は民俗学が専攻とお聞きしていましたが……最近では民俗学でも科学捜査のあれこれを教えるのですか」

先生ではないし、今時のちょっとしたミステリマニアならそれくらいのことは知っていると、反論しようとしたができなかった。口中が奇妙に乾き、舌先がなぜか痺《しび》れて言葉になってくれない。

「そっ、それで、事件とわたしとなにか関係が？」

「被害者ですが。東城弥生といって、こちらの学生さんなのですよ」

「東城弥生！」

「やはりご存じでしたか。いえ、身元確認もあって学生課に寄ったのですよ。そしたら十日ばかり前に先生と、被害者が口論をしているのを見たという人が現われましてね」

「口論じゃない。提出レポートに関する質問です」

「けれど、東城弥生さんはずいぶんと興奮されていたそうで」

「興奮などしていませんでしたし、最後には納得して帰ってゆきました」

「もちろん、そうでしょう」

これは折口の台詞《せりふ》だった。内藤は卒業論文の口頭試問を受ける学生の気分を、久々に実感しつつあった。もっとも、事態はそれほどやわではない。事実、折口と柳田の二つの笑顔は、獲物を前にした狩人《かりゅうど》のそれに酷似している気がした。「つきましては」と、折口がいった。それに続いて柳田が、

「詳しい話をお伺いしたいのですが、署までご同行願えますか。もちろんこれは任意です。ただ……場合によっては逮捕状の請求をしても、当方としては構わんのですがね」

蓮丈那智が入院していることが、これほどもどかしいと思ったことはなかった。無

論、逮捕状の請求云々《うんぬん》は警官たちのブラフに違いない。それくらいのことは内藤にもわかった。けれどブラフとわかっていながら、ただ一言の反論も口にすることができないばかりか、警察官を前に顔色をめまぐるしく変える、見ようによっては重要参考人としか見えない自分がいることも、紛れもない事実である。那智さえいてくれたら、——警察官の言い分など一顧だにせず、自分を守ってくれるだろう。

内藤は保護者を失った、迷い子そのものだった。

「はっ、はあ。では研究室に戻って上着を」

というと、「ご一緒しますよ」と折口がついてきた。逃亡などしませんからという一言さえ、言葉にできない自分を、内藤は心から厭《いと》わしく思った。

三階の研究室に戻って、ドアを開けるなり、異様な光景が内藤の目に飛び込んだ。デスクの後ろの白壁一面が、黄色いスプレーペンキで塗りつぶされている。その上に黒々と「ふざけるな、馬鹿ヤロー」という、大きな文字。白壁ばかりではない。デスクの上に置いた六十本余りのレポートが黄色いペンキにまみれている。その横に置いたコンピュータの液晶ディスプレーもまた、元がどんな色であったかさえわからない状態になっていた。

「なんじゃァ、こりゃあ!」

そこへ、敷根が「すまん、すまん。ちょうど長電話がかかってきてナ」とのんびりした口調で入ってきて、部屋に入るなり内藤とまったく同じ言葉を口にした。その様子を窺《うかが》っていた折口が、まったく抑揚のない声で、

「相当に恨まれているようですな」

と、ぽつりといった。


「で、狛江署ですべてを自供したの？」

折口と同じ、抑揚のない声で那智がいうのへ、

「んな……わけがないでしょうが！」

対照的にありったけの感情を込めて内藤はいった。自供などしていたら今頃ここにいるはずがありませんと、啖呵《たんか》の一つもきってやろうかと思ったが、那智の冷たい視線を浴びると言葉が喉《のど》の奥で霧散した。

「気にするな、単なる冗談だ」

「先生がいうと、冗談に聞こえないんです」

内藤が皮をむき、八つ割にしたリンゴを囓《かじ》りながら、「うまいもんだ。いい家政婦になれるぞ」という那智の言葉さえも、神経を逆なでする皮肉にしか聞こえなかった。

「で、レポートの後始末はどうなった」

「先生、ぼくはですねえ、狛江署まで連れていかれて、その挙げ句に四時間以上も同

じことを繰り返し、繰り返し」

「だったらそれを繰り返さずともよい。あとでその話は聞くから。学生たちのレポートはどうなったの」

「手書き不可ですからね。原本は彼らのもっているコンピュータなりワープロなりに保存されています」

「じゃあ、再提出させたんだね」

「はい。それからメールで送られた分に関しては、やられたのがディスプレーだけでしたから問題はありませんでした」

「よかった。レポートをこちらのミスで駄目にした挙げ句、中身を見ずに卒業させるといった最悪の事態にならなくて」

「そこなんです。警察もそれを狙った悪質な悪戯《いたずら》ではないかと」

「悪戯だって？　これは立派な犯罪だ。器物損壊《きぶつそんかい》だよ」

「或《あ》いは……」

内藤は、言葉に詰まった。

「なるほど、警察もまだ迷っているね。東城弥生殺害事件と、今回のスプレー事件の関連性について」

東城弥生は、敷根のいった「多情仏心」という言葉が、まさにぴったりと当てはまる、というよりはそれ以外の言葉ではとてもいい表わせないタイプの女性であったという。敷根が助手を務める教授の講座でも、複数の男子学生との交際が表に出て、そこにいられなくなったというのが実状らしい。だが、彼女と交際した男たちは口を揃えるという。彼女は決して悪女などではない、と。男に貢がせるなどの類《たぐい》は一度としてないし、ただ自分の恋愛感情に正直すぎるのかもしれない。

「多情すぎる彼女を恨みに思うのではなく、むしろ自分以外に彼女と付き合っている男側を、ほぼ全員が恨んでいるようです」

「つまり、被害者になるとすれば、それは東城弥生ではなく彼女と付き合っている男の内のひとり、という推理かな」

「そうです。ただ一人の例外をのぞいては」

警察は内藤を繰り返し詰問した。

いくら多情仏心でも、彼女にも好みというものがある。そこへ現われたのが、将来性も、甲斐性《かいしょう》もない研究室の助手の某だ。多情仏心と多淫《たいん》とを勘違いし、某はレポートの点数を甘くすることを条件に東城弥生にいい寄った。ところが弥生はこれを拒否。かっとなった某は弥生を殺害した挙げ句、多摩川の河川敷で遺体を焼いたのではないか。

「なるほどねえ。そりゃあだれが見ても怪しいな」

ジョークだといってくれるのを待ったが、その言葉はついに聞かれなかった。

「それよりも、彼女のレポートは？」

「えっ、ええ。きちんとメールに添付の形で送られてきました」

添付の日時は二月九日の午前四時五十五分となっていた。

「それで先生、実は」

「警察がレポートのコピーを持っていったのだね」

「どうしてそれを！」

「性別もわからないほど損壊の激しい遺体だったのだろう。だったら死亡推定時刻の判別はむずかしい。レポートの発信時刻は、彼女の生前の足取りを探る重要な手がかりだからね」

「先生にご相談してからといったのですが、なにせ、その」

「重要参考人の一人の某《なにがし》のいうことじゃあ、向こうも気構えるさ」

「それはないでしょう、それは」

「君も読んだのだろうね、彼女のレポートを」

「はい、プリントアウトしておきました」

「どうだった出来は」

「先生！」

それには答えずに、内藤はバッグから五枚のレポートを取りだした。

「読んだのじゃなかったのか」

「はっきりといいます。ぼくにはどう判断してよいものやら」

「というと、まんざら出来が悪いわけではなかったのだね」

「ええ、着眼点は抜群です」

もしかしたら自分よりも鋭いかもしれない、という言葉は、惨めすぎて口にすることができなかった。レポートを那智に渡すと、ほとんど奇跡としか思えない早さで読み流してゆく。わずか二分ほどで読み終わると、珍しく那智が天井を睨《にら》んだまま石像と化してしまった。

『山人《やまびと》による誘拐に関する一考察　東城弥生』

と題されたレポートには次のような内容が綴《つづ》られていた。

『〜（略）山深《やまぶか》い郷《さと》に生きる人々にとって山人とはいったい何者であっただろうか。ある学説は彼らを渡来人と説き、またある学説は流浪《るろう》の製鉄民族と説く。しかし、もっとグローバルな見方をするなら、彼ら山人は異界からの侵入者、折口信夫《おりぐちしのぶ》が説くところの《トコヨ》からの来訪者ではないのか。ではトコヨからの来訪者とは何者か。また海を知らない山郷《さんきょう》に住む人々にとって、トコヨはどこに存在するのか。当然のこ

となが ら遠い海の彼方《かなた》に存在しているはずがない。

山に生きる人々にとって、トコヨは山の奥深くにあるのではないか。

(略)

また同時にトコヨは死者の住む場所でもある。ではトコヨからの来訪者に連れ去られ、山の奥深くに姿を消すということはなにを指し示しているのだろうか。それすなわち、死者の国に赴くことを指しているのではないか。それも尋常な死の過程を踏むことなく、理不尽《りふじん》な死を迎えた人々のことを「山人にさらわれた」と表現したのではないか。古来日本には多くの《忌《い》み言葉》が存在する。とすると、彼らの死をストレートに語ることによって、言霊《ことだま》の怒りに触れることを恐れたあまりに、こうした伝承を作り上げたのではないか。相手がトコヨからの来訪者である山人であれば、仕方がない。そうした諦《あきら》めと、次にくる厄災《やくさい》を恐れる気持ちの発露であるとわたしは考える。

(略)

では、いったん山人にさらわれたものは、どうして再び郷《さと》の者——多くは猟師——と出会い、そして別れを告げねばならないのか。

ここに一つの事例を挙げることができる。世界各地に《死人再生《しびとさいせい》》の伝承が数多く残されている。ある地域ではゾンビと呼ばれ、またある地域では吸血鬼とも呼ばれている。それらを怪異伝承《かいいでんしょう》とする立場をいったん捨て去り、葬儀制度の一面から眺めると非常に面白いことがわかる。すなわち、葬儀の様式とは、大きく二つの種類に分類することができるのである。一つは「遺体の損壊を目的とする葬儀」、そしてもう一つは「遺体の保存を目的とする葬儀」である。』

「葬制《そうせい》にまで言及したか」と、那智が呟《つぶや》きを漏らした。

「ぼくはそこまで考えることができませんでした。山郷《さんきょう》に住む人々にとって、トコヨが山の奥深くに存在し、そこからの来訪者が山人の正体だというところまでは、なんとなく想像していたのですが」

すでにこのレポートの作成者がこの世の住人ではないことを十分に知りつつ、那智の唇が「うちの研究室にスカウトしたいくらいだ」と動くことを、内藤は心底恐れた。

東城弥生は、さらに論を進める。

『すべての葬制は遺体に対して《破壊》と《保存》に二元化される。エジプトのミイラなどは後者の典型例であるし、日本古来の土葬もまた、遺体保存を目的とした葬制と位置づけられる。これに対して遺体の損壊を目的とした葬制としては火葬、チベットの鳥葬などが挙げられる。また沖縄などに伝わる複数回にわたる葬儀《複葬《ふくそう》》も、それぞれを縦軸と横軸にした表中の点として存在させることができる。そしてこの葬制の二元化と死人再生の伝承とは実は密接な関係をもっているのである。』

「死人再生の伝承には必ず前提が必要なのですね」

「ああ、死人が再生するためには肉体の保存という大前提がないと、伝承そのものが根幹から崩れ去ってしまう」

「吸血鬼伝説が残るヨーロッパ諸国は、みな土葬ですもんね」

東城弥生はそれらに言及した上で、山人による人さらいと、その後のただ一度だけの再会を「この地方にのみ伝わる、死人再生の変形バージョンではないか」と、説いているのである。さらに、この変形バージョンの成立過程について、驚くべき推論を立てている。

「土葬——遺体の保存——が基本の日本の風土のなかで、そうでない葬制、つまりは遺体の損壊を目的とした葬制を取ったことへの後ろめたさと、それを隠しておきたいがためのアリバイ作り的な伝承……ですか」

日本型の葬制が遺体の保存を目的としたものである限り、死人の再生伝説が生まれる可能性は常に内包されていると仮定してよい。逆にそうでない葬制を取ったからこそ、死人再生の伝承をつくり、事実をカムフラージュしようとしたと、弥生はいっているのだ。

「まさか、ここまで完璧《かんぺき》に考察できる学生がいるとは思わなかった」

その一言が、東城弥生と蓮丈那智の思考が、まさしく一致していることを指し示している。が、なぜか内藤は嫉妬《しっと》或《ある》いはそれに似た感情をもてなかった。

——もしかしたら、いつの間にか先生の毒にあてられたのかな。

「その表情は、よからぬなにかを考えているね」

心中を透かし見るような那智の視線に、慌てて頭《かぶり》を振った。

「そんなことはありません。そんな……絶対に」

「まあ、いい。しかしここまで考察したというのに……」

那智と同じことを内藤も考えていた。

弥生のレポートは、伝承カムフラージュ説を述べたところで、唐突に、

『人里離れた場所にある五百羅漢については、資料と調査時間の不足のため、考察できなかった。』

という一言で、打ち切られているのである。

4

教務部で調べものをしようとした内藤は、背後から甲高い声で、「ちょっと」と呼

び止められた。振り返るまでもない、そこに立っているであろう教務部の予算担当者、彼の狐目《きつねめ》を想像しただけで、鳩尾《みぞおち》のあたりがしくしくと痛んだ。

——一度、人間ドックで調べたほうがいいかもしれない。

それを理由にこの場から立ち去ろうかと、本気で考えていると、

「お話があります」

そういわれて、仕方なく振り返った。いつになく厳しい目をした、ということは胸に抱えきれないほどの鬱憤《うっぷん》と怒りの声を喉《のど》にまで溢《あふ》れさせた担当者が、

「こちらへ」

そういって案内したのは、来客用の応接室だった。部屋に入るなり、

「いつもいつも、問題を起こしてくれますな」

皮肉以外の何ものでもない、静かな罵声《ばせい》が浴びせられた。

「いや、ごもっとも、しかしですね、これはちょっと、その、つまりあれでして」

「年度中の予算はすぐに使い果たす、おまけに追加調査といっては別枠で予算を引き出す、挙げ句にあれこれ事件に巻き込まれて、終《しま》いには研究室が暴漢に荒らされる……と」

内藤が沈黙を守っていると、担当者の暴風雨はますます強さを増していった。

「いいですか。大学というところはアカデミックな空気に包まれた場所ですよ。異端

もいい、少々ならばトラブルも構いません。しかしですね、蓮丈先生の研究室はいくらなんでも度が過ぎてはいませんかな」

その上で担当者が、とんでもない情報をもたらしてくれた。どうやら那智のことが教授会で問題になっているらしい。毎年のことながら試験問題が突飛すぎて手に負えず、やむなく卒業を断念した学生の数の多さについて、彼らの親たちからのクレームと共に議事にかけられる可能性があるという。

「ことに、今回の研究室での一件は管理者としての責任問題となるでしょう」

「といわれても、先生は公傷のために現在入院中です。すべての責任はわたしに」

「責任の所在とはそういうものではないのですよ」

いつの間にか担当者の口調が変わっていることに、内藤は気がついた。

「こんなつまらないことで詰め腹を切らされ、大学を追われることにでもなれば、それは」

「あ……あのうですね」

担当者の狐目が一層つり上がった。が、そこにあるのは那智の不幸を狂喜する邪《よこしま》な感情でも怒りでもなかった。

「予算の問題ならわたしがなんとでも処理できる。けれど相手が教授会となると、もうどうにもできないのですよ」

そのときになってようやく内藤は、狐目の担当者の数々の皮肉の裏側にある好意を知った。どれほど罵声を浴びせかけても、彼が一度として臨時の予算請求を却下しなかった本当の理由を見た気がした。

——まったく、これまでなにを見ていたんだ。

別の意味で、鳩尾が痛んだ。

「とにかく、今回の研究室の一件はまずい。なんとかうまい処理を考えないと」

「あの……たとえばですね、研究室の件と、定期試験の代わりに提出させたレポートのこととは、まったく関係ない理由で、しかもそれが非人間的な、要するに那智先生にとっては単なるとばっちりに過ぎないことが証明されるなら」

「もちろん即問題解決だ！　だがそんなに都合よく犯人が見つかるかな」

「あなたが、協力してくれるなら」

そういって、一枚のメモを取りだした。那智が「こいつを調べてみてくれないか」といって走り書きしたものをそのまま手渡すと担当者の顔色が変わった。ややあって、

「今日中に仔細《しさい》をお知らせしましょう」

きっぱりとした口調の答えが返ってきた。ありがとうございますと礼をいうと、また違った表情になって、

「その……蓮丈先生の具合はいかがですかな」

そういいながら、担当者が上着のポケットから小箱状の紙包みを取りだして、内藤に渡した。

「ええ、重傷ですが、本人にとっては大したことはないようです。これは？」

「どうせ病室でも飲んでいるのでしょう、ドライマティーニを。しかもジンはタンカレーのマラッカジン」

「どうしてそれを！」

「学生の頃からそればかり飲んでいたからね」

「学生時代の先生を知っているのですか」

「同級生だもの、この大学の」

狐目の担当者は包みを指さし、「極上もののオリーブの塩漬け」とだけいって、唖《あ》然《ぜん》とする内藤に背中を向けた。じゃあ、あとでという言葉が、足音と共に去っていった。

「オリーブの塩漬けね」

それこそは、メモと一緒に那智が、「ついででいいから買ってきてくれ」と内藤に頼んだ品物だった。

なぜ、東城弥生は供養の五百羅漢について、考察を行なわなかったのか。山人と人

さらいについて、あれほどの推察を述べることができるなら、五百羅漢への考察まではあと一歩ではないのか。内藤はメモに、

＊二月九日早朝・東城レポート提出

＊二月十一日未明・東城の遺体発見

＊二月十三日・レポート提出期限及び研究室襲撃

と、三つの項目を書き並べた。これによってわかるのは、東城弥生が殺害されたのは二月九日の早朝から十一日未明にかけての、約二日間に絞られること。そして提出期限まで四日近く残して、なぜか弥生が未完成のままレポートを提出していること、この二点である。弥生がすぐそばに迫りくる自分の死を予測していなければ、この「なぜか」はどうしても説明することができない。

「例のものは用意できたかな」

検査とリハビリのトレーニングを終えた那智が、病室に戻ってきた。この車椅子姿は、けが人というよりはなぜか「車椅子の名探偵」という言葉のほうがしっくりくるようで、内藤は不思議な違和感を覚えた。

「ぼんやりしていないで、手伝ってくれないか」

車椅子からベッドに身体《からだ》を移動させようと、器械体操の選手に似た動きをする那智を見て、慌ててギプスに包まれた右足を抱え上げた。石膏《せっこう》分の重さが加わっているは

ずなのに、そのあまりの軽さに驚いた。

「いつまで、人の太股《ふともも》を抱えているんだ」

「すみません。決してそんな不埒《ふらち》なことを考えていたわけではなくて」

「どうでもいいから、頼んでおいたものを」

そういわれて、内藤はまず狐目の教務部担当者から預かった紙包みを取りだした。

「……さんからです」と、狐目の名前をいうと、那智がほんの一瞬懐かしそうな目をしたのを内藤は見逃さなかった。

「大学の同級生だそうですね」

「ずいぶんと昔の話だけれどね」

そりゃあそうでしょう、彼はどう見たってと、推定年齢をいいそうになって、内藤は自らの唇に封印を課した。

次に取りだしたのは、その狐目の担当者が揃えてくれた資料である。学生が年度始めに履修届を出すときに参考にする、各講座のレジュメ。そして、歴史学科の教授、助教授が過去三年以内に学界に発表した論文のコピー。大きめの紙袋一杯になった資料をベッドの上に置くと、すでに那智は専用のステンレスカップに、ドライマティーニを用意していた。その傍《かたわ》らには開けたばかりのオリーブの塩漬けの缶詰が置いてある。

「先生、いくらなんでも昼間っからカクテルはまずいんじゃありませんか」

そういってみたが、すでに那智の意識から内藤の姿はなくなってしまったらしい。とても精読しているとは思えないスピードで、が、確実に内容を理解しながら那智は資料を読んでゆく。僅《わず》かな視線の動きと、頁《ページ》をめくる速度とがやがて完全にシンクロしていった。

いつだったか、黙読の早さに驚いて、那智に質問したことがある。すると、

「本の見開きの、右頁と左頁を同時に読みだしているだけだが。だれでもやっていることじゃないのかな」

という、至極当たり前といった口調で答えが返ってきて、絶句したことを内藤は思いだした。

「……ミクニ」

独特のイントネーションで名前を呼ばれて、内藤は我に返った。

「はっ、はい」

「外泊許可を病院からとっておいて。それから研究室に戻って」

と、那智がこれからの段取りを、資料から目を離すことなく説明しはじめた。

「彼にメールを送っておいて、内容は……」

内藤はそれをメモしていった。

「で、すべての準備を終えてから、君は午後四時にわたしを迎えにきて」

「わかりました」

再び資料の検索マシーンと化した那智の邪魔にならないよう、内藤は病室をあとにした。

5

「メールを読んだよ。確認したいことがあるということだが」

指定した時間ぴったりに研究室にやってきた敷根が、落ち着いた声でいった。

「わたしにまで用があるそうだね」

これは、やはり敷根と同じ時間にきた狐目の教務部担当者である。

「用事があるのはぼくではありません」

内藤が答えると同時に、別室から車椅子の那智が姿を現わした。

「蓮丈先生！　お体のほうはいいのですか」

二人の訪問客が同じ言葉を口にした。

「ええ、因果なくらいに、体が丈夫にできているものですから」

そういいながら近づく那智からのアイコンタクトを受けて、内藤は二人にコピーを手渡した。今回、那智が学生に与えたレポートのテーマである。続いて二人に、それぞれ五枚ずつのレポートを渡した。東城弥生がメールで提出したレポートを、プリントアウトしたものである。まずはこれを読んでいただけますか、というと、二人は訝《いぶか》しげな表情を作りながら、それぞれテーマとレポートを読みはじめた。

「いかがです。感想をお聞かせ願えますか」

二人の読了を待って那智がいった。

「ご感想といわれても……わたしは門外漢だから」

狐目の言葉に、「そんなことはないでしょう」と那智がいった。かつては、と、今は亡《な》き民俗学界の大物研究者の名を挙げ、

「あなたは、後継者とも目されたほどの人ではありませんか」

それを聞いて、目を丸くしたのは内藤だけではなかった。敷根もまったく同じ表情で、言葉を失っている。

「まあ、そこまでいうのなら……個人的な感想で申しわけないが、非常にユニークな思考方法をもった学生ですね。論説とまではいえないし、証明のための調査があまりに不十分です。推論の域を出てはいないが、一考の価値は十分にあるでしょう。これを下地に詳細なフィールドワークを行なえば、非常に有望な学説が生まれるかもしれない」

実に的確な表現で狐目が評価を下したためか、敷根は「まったくその通りです」と、追随の言葉を漏らしたのみだった。那智に代わって内藤が、

「しかし、このレポートには重大な欠陥があります。なぜ、東城弥生は、レポートの続きを放棄したのでしょうか」

というと、

「それは……つまり彼女の能力の限界だったのだろう」

断定する敷根の言葉を、こんどは狐目《きつねめ》がやんわりと制した。

「明らかに奇妙ですね。山人《やまびと》による人さらいを理不尽な死と定義し、さらに葬制にまで言及しているなら供養の五百羅漢とやらの解釈も自《おの》ずから生まれてしかるべきでしょう……いや、それだけじゃない」

と、言葉を切って唇を嚙《か》んだ。かつて見た覚えのない研究者の表情で、「それよりもおかしなことが」と、考え込む狐目に、内藤は得体の知れない畏敬《いけい》の念を覚えはじめていた。

「そうか、葬制の二元論か」

「……さすがですね」

これもまた初めて聞く、那智の口調に、内藤は思考をやめて傍観者となると決めた。

「葬制に踏み込む思考の柔らかさも驚きですが、そこに破壊目的と保存目的という、

葬制の二元論をもち込むという発想は学生のものじゃない」

「でしょう。そこでわたしは東敬《とうけい》大学の歴史学科のレジュメを集めてみました。する
と」

那智がレジュメの一頁を指し示していた。

『考古学概論・古墳と葬制の変化』

講義担当者の欄に、敷根が所属する研究室の担当教授の名前があった。

「当然でしょう。彼女はうちの教授の講義を取っていましたから」

敷根がなんの感情も見えない、平板な口調でいった。

「ところが、この講義では葬制の二元論など一度も語られていないのですよ。唯一……」

今度は、学界雑誌に掲載された論文のコピーを指し示した那智は、「もうお分かり
ですね」と、言葉を続けた。

「ここには克明《こくめい》に葬制の二元論について言及する論文が掲載されている。著者は…

…」

いつの間に日が落ちたのか、暗くなった室内の明かりを点灯するのと、

「認めます。これはぼくが彼女のために代筆したものですよ」

敷根が、吐き捨てるようにいうのが同時だった。

「だからどうだというんですか。レポートの代筆なんて、だれもがやっていることだ」

敷根の言葉に反応したのは狐目だった。

「だとすると変じゃありませんか。どうして君はレポートを完成させなかったのですか」

「それは……だからそれくらいは彼女が自分で考えるべきだと思って」

「でも、彼女は提出期限を四日近くも残してメールでレポートを送ってきた。そんなことが考えられるかな」

と那智が会話に加わった。

——こりゃあ、たまらんな。

那智と狐目がなにを論証しようとしているのか、まだはっきりとは見えてこない。それでも敷根の置かれた状況が、恐ろしいものであることだけは皮膚感覚で理解した。

「考えられることはただ一つ。あのメールは彼女以外の人間が送ったということだ」

「どうしてそんなことを！」

「その人間はこう考えた。焼死した遺体から死亡推定日時を割り出すことは困難だ。となるとメールの送信時間から割り出して、彼女が殺害されたのは二月九日の早朝から遺体が発見される十一日の未明までの間ということになる。それより以前、彼女が一人の男のアパートをたずねているところを、たとえ第三者に見られていたとしても、犯行時間が九日～十一日未明であれば、どんな言い訳も可能だ」

「すべては空論です。蓮丈先生、あなたらしくもない。推理とは論理性の裏付けがなければなんの意味もない」

那智と敷根のやりとりに、今度は狐目が割って入った。

「敷根さん。わたしは自分が奉職する学校から犯罪者など出したくはないんです。でも、事実であれば」

「あなたまで、そんなことを！　だったら証拠を見せてください」

「わたしたちが探すまでもない」

ここに一人の多情な女性がいる。彼女が付き合った数多い男のなかに、ある研究室の助手がいる。彼は女性のためにレポートの代筆を行なったことを認めている。そしてそのレポートはなぜか未完成のまま、電子メールによって提出されている。そのことによって推測される死亡推定日時に、彼は疑いをかけられることのない程度の自然なアリバイをもっているだろう。だとすれば、レポートを添付したメールは、彼が送信した可能性が高い。あとは警察の仕事であって、我々がタッチすべき問題ではない。

狐目が正確無比な表現で以上のようなことを説明すると、途端に敷根が笑いだした。

「すべては、男が女性の代わりにメールを送ったという空論の元に成り立つ仮定でしかない。警察がそんなことを鵜呑《うの》みにしますかね。第一、男の指紋が彼女のコンピュータのキーボードにでも残っていれば別だが。今時の犯罪者は、手袋を使うくらいのことは常識じゃありませんかね、ミステリマニアのみなさん！」

「やはり彼女のコンピュータを操作したのですね。そうでないと送信記録が残りませんからね。それも手袋をはめて指紋が残らないように」

狐目が、なぜか悲しそうにいった。彼の言葉を継ぐように那智が話しはじめた。

「手袋をはめてキーボードを操作するということは、いくつかのキーを布で拭《ふ》くのと同じ行為なんだよ。そこにあるべき東城弥生の指紋が消されていたら……それはつまり第三者が手袋をはめ、指紋を残さないようにキーボードを打ったという証明になってしまうんだよ。それを警察は見逃すだろうか。そんなことはまずありえない。彼らは優秀な猟犬だよ。彼女の周辺を徹底的に洗い直し、わずかな人間関係も探り当てるだろう。その結果は……」

初めて敷根の表情に、別の感情が浮かんだ。那智を見、狐目を見たあとで、その視線は内藤に向けられた。それも一瞬のことで敷根は天井を仰ぐと、一言「事故だったんだ、あれは」と、絞り出すようにいった。

弥生にレポートの代筆を頼まれた敷根は、一も二もなく彼女の申し出を引き受けたという。弥生が他の男とも付き合っていることを知っていた敷根は、自分こそが唯一無二の交際相手に昇格するための、絶好のチャンスであると考えたのかもしれない。

R村の出身である弥生から詳細を聞き、葬制の二元論と絡ませることで、完璧《かんぺき》に近いレポートは完成した。そのお祝いを兼ねて敷根の部屋で酒を飲んだのが、二月八日の夜だった。いつになく気分が高揚してしまったのか、僅《わず》かな酒で酔っぱらった敷根は、そのまま眠り込んでしまった。そして彼が目覚めた翌九日の朝までの間に、事故は起きてしまったのである。

目覚めたときには弥生の姿はなく、当初は自分のマンションに戻ったのかと思ったそうだ。ところが浴室の前に脱ぎ捨てられた弥生の服と、なにかを燃やすような物音、そして浴室のドアの隙間から立ち上る湯気に、ようやく異変を察知した敷根は、慌てて浴室に飛び込んだ。

ガスによる追い焚《だ》き機能の付いた浴槽に、奇妙なものが浮かんでいた。

「それが、弥生であることに気がつくまで、長い時間がかかったよ」

という敷根の言葉は、たぶんしばらくの間、耳にこびりついて離れないのではないか。それは一抱えほどの肉の塊であった。よく見ると手のようなものがある、足のようなものがある。塊の一方にこびりついているのが、黒髪の名残であることに気がついた瞬間、敷根は胃袋にあるすべてを嘔吐《おうと》していたという。

敷根と同じく酒に酔った弥生は、湯船で寝込んでしまったのである。それも追い焚き機能を使用したまま。たぶん溺死《できし》だったのだろう。けれど追い焚きのスイッチを切る人間のいないまま、浴槽は一個の寸胴鍋《ずんどうなべ》と化して、そのまま朝を迎えてしまった。

「拳闘家《けんとうか》姿勢というのだとは、あとで知った。熱を加えられた人体は筋肉が収縮して、みな同じような形になる。このままどこかに遺棄しようとも考えたよ。でもすっかり縮こまった弥生の遺体には服を着せることがどうしてもできなかった。このまま遺棄したところで、裸の女がどうしてこんな形で死んでいるのか。警察は疑いを抱き、間もなく俺や他の男たちのところに辿《たど》り着くことだろう。そうなったらお終《しま》いだ、どれほど丹念に掃除をしようとも、連中は絶対になにかの証拠を見つけだすにちがいない」

どうしてすぐに警察に届けなかったのかという問いには、

「できるはずがないだろう。俺は講師昇格がほぼ確定した身だ。大学の女子学生と付き合った挙げ句、部屋で死なれでもしてみろ。せっかくのチャンスがふいになる」

そう答えた。

敷根は弥生が浴槽で死んだことを隠蔽《いんぺい》するための行動を起こした。彼女のために完成させたレポートを二月九日に電子メールで送信し、そして十一日未明に遺体と衣類を多摩川で焼いたのである。

「レポートは完成していた、と今いいましたね」

狐目が、長い敷根の話のあとでたずねた。

「ええ、完成していましたよ」

「ではどうしてそれを」

「提出しなかったか、ですか。そう、ぼくは五百羅漢に関する部分を削除した上でメール送信しました。どうしてかって？　できるはずがないじゃありませんか」

そうでしょうといいたげな挑戦的な視線を、敷根が那智に投げかけた。

「どうしてだろうか」と那智。

「だって、あの五百羅漢は、たぶん……天明の大飢饉《ききん》の最中《さなか》に起きた疫病の患者を、生きたまま焼き殺した場所なのではありませんか。だったら人里離れた場所にあれがあることも理解できます」

「そうか、そのように解釈したのか」

「違うのですか、蓮丈先生」

二人のやりとりを聞いて、内藤は密《ひそ》かに舌を巻く思いだった。飢饉と疫病は常に表裏一体である。

——かたや疫病が広がらぬために人体を焼く。こなた、浴槽で死んだことを隠すために遺体を焼く。

いったいなんのために遺体は焼かれなければならなかったのか。焼くという行為を成立させるための「動機」。その一点で那智のインスピレーションが真相へと飛躍《ジャンプ》することを敷根は恐れ、削除したのである。

「それじゃあ、どうしてうちの研究室にペンキを吹きつけたんだ」

内藤の問いには、

「それだけお前のところは、多くの恨みを買っているとアピールしておけば、捜査を攪乱《かくらん》できると思ってね。容疑者は一人でも多いほうがいい」

嘲笑《あざわら》うようにいって、次の瞬間、敷根は椅子から崩れるようにしゃがみ込んだ。

彼を一瞥《いちべつ》した那智が「……」と、小さくいったが、その声は敷根には届かなかったようだ。


「彼も運のない男ですね」

狐目に付き添われ、狛江署へと向かう敷根を見送ったあとで、内藤は他に言葉が見つからないまま、そう呟《つぶや》いた。

東城弥生は事故で死んだ。敷根のその言葉を疑う気にはなれなかった。作り話にしてはあまりに臨場感がありすぎた。

「ところで、先生。さっきひどいことをいってましたよね」

「おや、聞こえたんだ」

「敷根に向かって『Bプラス』といったでしょう」

「仕方がないさ、その程度の出来でしかなかった」

「だって、疫病の患者を生きたまま焼き殺したという説、かなり恐ろしいけれど」

「あの説では説明できない問題が二つある。一つはどうして五百羅漢でなければならなかったのか」

「もう一つは、なぜ風化しやすい堆積岩《たいせきがん》に線刻しなければならなかったか、ですね」

「そのとおり」

「ということはもっと悲惨な出来事があったということですか」

「疫病患者を焼殺する、それ自体は悲惨極まりない行為ではあるが、そこには全体を救うという大義名分がある。後ろめたさはあっても、消し去りたい記憶とはいい難い。君もいったろう、五百羅漢とは、数の問題ではなく、もっと全体的な意味をもつ言葉、だと」

「村全体が、救いようのない行為を行なったということですか」

「そう見るべきだろう」

「大義名分のない行為」

「人として、原罪に触れる罪ともいうべき行為だよ」

「つまり、五百羅漢でなければならなかったわけですね」

応《こた》えるかわりに那智が、仏像の見方を解説したガイドブックを取りだした。そして『その他諸尊』と書かれた頁《ページ》をめくり、一点を指さした。

『羅漢。正式には阿羅漢《あらかん》。出家のなかで修行が終わりの段階までできて、もう最高位に達した人のことを指す。別の言葉で「尊敬と施しを受けるに足りる人のこと」という意味をもっている』

那智の思考がまったく理解できなかった。

「修行の最高位に達した人なのでしょう。立派な人ですよ。だって尊敬と施しを受けるに価するんですから」

「仏教は株式会社のようなものなんだ」

「また、罰当たりなことを」

「単に表現の問題だ。だが仏像にはそれぞれ《如来《にょらい》》、《菩薩《ぼさつ》》、《明王《みょうおう》》、《天《てん》》といったように、階級と役目がきちんと決まっているんだ。だが羅漢は《その他諸尊》に含まれる。もっとも覚者《かくしゃ》に遠い存在であるばかりか、《仏》ですらない」

「だからといって……」

「仏像のなかで、救済の役目を負っているのは、せいぜい《菩薩》の部までなんだ。間違っても未《いま》だ覚者になれぬ羅漢が、飢饉による餓死という残酷な死を与えられた人々に、救いの手を差し伸べることなどできるはずがない」

那智はきっぱりといった。

「あれは封印すべき記憶のためのモニュメントなんだ。だからこそ風化しやすい堆積岩を選んで羅漢像を線刻した。消そうとして消えない記憶、置き換えようとして置き換えることのできない忌まわしき記憶を、堆積岩の風化という自然現象に託して、作られたものだ。人里離れた場所に存在する理由もそこにある」

「その記憶があまりに忌まわしいために、少しでも生活の場から遠ざけるのが目的。そして、いつか羅漢像そのものが消えることで、忌まわしき記憶と罪の意識まで消えるようにと祈りをこめて作られたのですね」

いつになく硬い表情の那智が黙って頷《うなず》いた。

「岩に刻まれた線刻の羅漢像が消えることを望んだということは、供養されるべきは羅漢そのものかもしれない。あるいは彼らの救われぬ魂」

「羅漢にただの人間という記号を与えるのですね」

「そう。それを前提に、飢饉におけるもっとも深刻な状況とはなにか、考えてごらん」

「究極的には……食糧の不足でしょうね」

「人は食べること、眠ること、排出することを、三つの原則として生きている」

「一粒の米も、粟《あわ》も、稗《ひえ》もなくなった状況下において……人が求めたものですか」

「それはなんだろう」

「…………」

「あとは食糧資源としての人間の存在じゃないか」

「喫人《きつじん》……ですか。いや、それはないです。だって死者の遺体を喫する……つまりは食べてしまうことですが、それは記録に残っています。それ以上に忌まわしくて、記憶から消し去りたい残酷な事例なんて」

　室温が急激に下がった気がした。

「山人《やまびと》による誘拐とただ一度の再会を、理不尽な死と遺体損壊が目的の葬制とを象徴する伝承と考えることは正しいと思う。だがもう一度フィルターにかけてみることはできないか。遺体をただの人体と置き換えてごらん」

「それって、まさか」

「究極の選択として、そのような行為があったとして、だれがその悲惨な歴史を責めることができるだろうか」

「あの……R村では、老若男女が区別なく人さらいにあってますよね、あれは」

「もっとも公平で、且《か》つ平等な人選が行なわれたということだよ。だれもが最終食糧資源に望んでなるわけがない。となると……」

「……籤引《くじび》きですか？」

「究極の局面での、最良の選択が、あの伝説の意味するところだったんだ」

　蓮丈那智は、そのまま背を向けてデスクの上を整理しはじめた。

　──喫人を目的とした、生《い》け贄《にえ》の風習。

　またお蔵入りのファイルが増えるといった、那智の言葉を内藤は正確に理解した。

大《だい》黒《こく》闇《やみ》

『神話に　だまされては　いかん！
神とは　古代では　ありがたいものでは　なかったのじゃ！
たたりをなし　破壊と死をもたらす　恐ろしい　ものじゃった！』

諸星大二郎『暗黒神話』より

1

「神々はなにゆえに変貌《へんぼう》するのか」

　コンピュータのキーボードを打ち込みながら、蓮丈那智が不意に問いかけてきた。こうしたことは珍しくもないし、その問いに答えることができないからといって、特に彼女の機嫌を損なうわけでもない。それでも内藤三國は、

「……神の変貌ですか」

「そうだ。たとえば素戔嗚尊《すさのおのみこと》だ。高天原《たかまがはら》で悪行の限りを尽くし、姉である天照大神《あまてらすおおみかみ》を天の岩戸へと閉じこもらせた破壊神は、なぜか地上に降り立った途端に、正義と善心の神へと変貌してしまう」

「そうですね。出雲《いずも》では八岐大蛇《やまたのおろち》を退治していますし」

　八岐大蛇伝説には、様々な考証がすでに試みられている。なかでも、

『八つの頭部と八本の尾をもつ大蛇は即ち河川のことであり、毎年怪物に捧《ささ》げられる人身御供《ひとみごくう》は、水害によって荒らされる田畑を示している。素戔嗚尊によって無事救出

される姫の名が《奇稲田姫《くしなだ》》であるのはそのためだ』

という説はあまりに有名で、ほぼ定説化しているといってもよい。さらに考証を進め、大蛇《だいじゃ》の退治とは大規模な治水工事を示していて、それはつまり大和《やまと》朝廷による全国統一がすでになされたことを示している、という説もある。八岐大蛇《やまたのおろち》の尻尾《しっぽ》から出てきたのが《天叢雲 剣《あめのむらくものつるぎ》》、三種の神器の一つであることがその証明であるともいわれる。

「つまり先生はこう仰有《おつしや》りたいのですね。神の変貌とは覇権の樹立、もしくは移動に関わっているのではないか、と」

「うん……そうともいえるのだが」

珍しいことに、那智の口調が澱《よど》んでいる。自らの迷いを振り切るように、マウスを乱暴に操作して、那智がコンピュータの画面に画像を映した。

「なにかの仏像のようですが、こりゃあ凄《すさ》まじいですね」

正確には仏像を描いた絵である。ただし「仏像」と断言する自信は、内藤にはなかった。三面六臂《さんめんろっぴ》（三つの顔と六本の腕をもつ）の像であることから、そのように推定したに過ぎない。座して正面を睨《にら》むその像は、異形という言葉さえも生やさしく思えるほど、凄まじい形状をしている。

上段、中段、下段となる六臂の一番下に当たる左右の腕に、宝剣を一文字に構えているのは良しとしても、そのひとつ上の右の手には人間を、左の手には山羊《やぎ》らしき動物をひっ摑《つか》んでいる。

「一番上の左右の手が、かぶりもののようなものを持っているだろう。それは象の生皮だ」

「象……ですか。これはいったい」

「内藤君もよく知っているはずの、仏像だよ」

「冗談じゃない！　こんな恐ろしい仏様とは、金輪際お知り合いにはなりたくありません」

「そうかなあ。日本では家内安全、富と生産力のシンボルなんだがナ」

「嘘でしょう。だって山羊や人間を左右の手にぶら下げ、象の生皮を持っているのですよ」

「これ……大黒天なんだ」

あまりに意外な那智の言葉に、内藤は完全に絶句してしまった。

大黒天。俵の上に立ち、右手には小槌《こづち》、左手には福袋を持った大黒天像ならばよく知っている。たしか実家の棚の上にも、一体飾ってあるのではないか。その福々しいお姿と顔立ちを前にすれば、なるほど家内安全も、富と生産力をも約束してもらえるような気がする。神仏の類《たぐい》を信仰する、しないにかかわらず、なんとなく気持ちを和らげてくれるのが大黒天である。七福神の一つに数えられるように、ある意味での癒《いや》し系神仏といってもよい。だが、コンピュータの画面に映しだされた大黒天は、全く逆のベクトルをもっている。一言でいうなら「禍々《まがまが》しい」仏像なのである。

「学生の時分に読んだコミックだったかな。『神話に　だまされては　いかん！　神とは　古代では　ありがたいものでは　なかったのじゃ！　たたりをなし　破壊と死をもたらす　恐ろしい　ものじゃった！』という台詞《せりふ》があったのを思い出させる」

と、那智がいった。

内藤には、時としてこの異端の民俗学者の思考及び知識系統がわからなくなることがある。専門資料についての知識は当然のこととして、ミステリ、コミックはいうに及ばずその知的触手がどこにまで伸びているのか、考察のしようがないほどだ。「まさしく、いい得て妙ですね」といったのは、別の反応の方法がわからなかったからに過ぎない。

「そもそも大黒天は、ヒンズー教の神なんだ」

「ははあ、つまりは仏教の特性である、融通無碍《ゆうずうむげ》の許容性によって取り込まれてしまった神々の一人なのですね」

一般的に仏像は《如来《にょらい》》、《菩薩《ぼさつ》》、《明王《みょうおう》》、《天《てん》》、《その他諸尊》の尊格《そんかく》に分類される。そのなかでも比較的ランクの低い部に所属する仏像には、ヒンズー教や土着の宗教の神々が取り込まれたものが、いくつかあるといわれている。

「そう。大黒天を原語でいうと《マハーカーラ》。マハーは『大いなる』を、カーラは『黒』を意味している。つまり大黒天とは『大いなる暗黒天』のことなんだ。またマハーカーラは、ヒンズー教における最高三神の一人《シヴァ神》の別名であるとされている」

「シヴァ神といえば、たしか……破壊と死の神じゃありませんか。それがどうして豊穣《ほうじょう》のシンボルに変貌してしまうんですか」

「シヴァは死と破壊の神であると同時に、創造の神でもある。死と破壊は大いなる創造の前奏曲《ぜんそうきょく》じゃないか」

「そうはいわれましてもねえ」

内藤は改めて、画面上の大黒天を見た。死と破壊の神と説明されたなら、なるほどこれほど相応《ふさわ》しい容貌はあるまい。頭のどこかで「神とは、古代ではありがたいものではなかった」という、先ほどの那智の言葉が、幾度もリフレインした。

「大黒天が、現在のようなおめでたい姿に変わったのは、一説には室町《むろまち》時代からだとされるが、これははっきりとはわからない」

「おめでたいって……先生、そんな罰当たりな」

などといったところで、言葉使いを改めるような人物ではないことは、十分に承知しているから、内藤は言葉を続けるのをやめた。

「でも、たしかに不思議ですよね。まるで性格が百八十度変わったような変貌ぶりだ」

「それには理由がちゃんとある。古事記に書かれている大国主命《おおくにぬしのみこと》と同化してしまったからなんだ。大国主命の《大国》を《だいこく》と読ませ、大黒天に同化させたとされる」

「ずいぶんと強引な解釈ですねえ。でも、同化の経緯がわかっているのなら」

どうして神の変貌が謎だなどといい出したのか、その真意をたずねようとした内藤は、蓮丈那智の硬質の視線によって金縛り状態になった。

「どうして、死と破壊のシヴァ神を、大国主命に同化させる必要がある？　なによりも……オオナムチを名乗る若者の神に《大国主命》などという、この国の覇者に相応《ふさわ》しい名前を与えたのはだれだった」

「それは、素戔嗚尊《すさのおのみこと》でしょう」

「神々の変貌を謎とするなら、その原点に存在する神こそ、素戔嗚尊だ」

古事記によれば、高天原《たかまがはら》における素戔嗚尊の非道、乱暴ぶりは、ついには姉の天照大神をして天《あま》の岩戸《いわと》に隠れさせるほどであったとされる。いわゆる《天の岩戸隠れ伝説》である。その事件を機に彼は天上から地上へと追放されるのだが、以後の素戔嗚尊の変貌《へんぼう》ぶりはたしかに謎が多い。

——素戔嗚尊から大国主命への国譲り……。

その言葉が、内藤の脳裏に苦い思い出を蘇《よみがえ》らせた。以前のことになるが、製鉄民族を巡る調査でやはり二神の国譲りに触れる機会があり、内藤は《税所《さいしょ》コレクション》と呼ばれる明治史の闇を巡る事件に巻き込まれそうになったことがある。

「先生。たしか素戔嗚尊から大国主命への国譲りは、青銅器文明から鉄器文明への覇権の移動を指《さ》していると、仰有《おつしや》っていましたよね」

「うん。だからこそ製鉄民族を束ねる物部《もののべ》一族は、オオナムチこと大国主命を奉じていた」

「それと、神々の変貌とはなにか繋《つな》がりがあるのでしょうか」

「それがわからないから苦しんでいるんだ」

那智の口から「苦しんでいる」などという言葉が出ること自体、尋常ならざる状況といえた。もっとも、言葉とは裏腹に彼女の表情はあくまでも冷静そのもので、端整な塑像《そぞう》を思わせるほどだ。内藤に背を向け、再びコンピュータを操作する那智の背中に、

——また、裏ファイルいきの案件を作らないでくださいね。

心密《ひそ》かに語りかけると、

「好きでやっているわけじゃない」

にべもない言葉が返ってきた。

蓮丈那智が講義を受けもつ「フィールドワーク・民俗学各論2」を受講している学生の実数は、五十人あまり。前のレポートを提出させたときには八十六人だったと記憶するから、三十人以上の学生が講座から消えたことになる。今から十年あまり前、那智が講座を開設した当時は、二百名定員の教場に入りきれない男子学生が、窓の外から彼女の姿をのぞき見て溜息《ためいき》を吐《つ》いていたと、教務部の狐目《きつねめ》の担当者に聞いたことがある。今でも受講生の過半数が男子学生だが、それでも数がずいぶんと減ったのは、彼女の異端《いたん》ぶりが学説を発表する学会のみならず、学内でも今や伝説と化しているからだ。学説が異端なら、授業の方法も異端。ついでにいえばレポートの課題も異端だし、学年末の小論文形式の試験は、異端の究極。それでも、いまも衰えることのない那智の美貌《びぼう》は、毎年講義が開始される四月には百名ほどの学生を集め、そしてひと月ごとにその数を確実に減らしてゆく。もっとも那智は、「学生の数など、十人もいれば十分」というのが持論であるから、ある意味で理想の形に少しずつ近づいているのかもしれない。

メールで提出されたレポートをプリントアウトし、整理しているところへ、

「あの……すみません」

研究室内を窺《うかが》うような、そしてどこか怯《おび》えの入り交じった声が、半開きのドアの外から聞こえた。

「どうぞ。蓮丈先生は今は講義の最中ですが」

「いえ、あの、わたし、杉崎尚子《すぎざきなおこ》といいます。ええっと。内藤先生に」

そういいながら入ってきた女子学生の顔に見覚えがあった。那智の講義を受講している学生の一人である。淡いブルーのTシャツに、サマーカーディガンという出で立《い》ちは、杉崎尚子の容姿を実年齢よりも遥《はる》かに落ち着いて見せている。

「ぼくに？　それよりも……あなたは蓮丈先生の講義を受けている学生でしょう」

那智が教場で講義を行なっている以上、その受講生がここにいていい理屈はない。もっとも、自主休講を決め込む学生にいちいち目くじらを立てるほど、立派な学生生活をかつての内藤が過ごしたわけではないから、言葉にも迫力がない。立場上、一応はいってみたという程度である。

「すみません。あとでレポートでもなんでも提出します」

「いっ、いや、それほどのことでもないんだが。ああ、でもそうだね……」

「お願いです、内藤先生。兄を、兄を助けてください」

「はあ？」

「兄を助けて欲しいんです。内藤先生にしかできません」

すがりつかんばかりの勢いで兄の救助を懇願する杉崎尚子の姿と声が、内藤のなかで急速に現実感を失っていった。うたた寝をするアリスの前を、懐中時計を見ながら「急がなくちゃ、急がなくちゃ」と駆けてゆくウサギのようなものだ。

――ボクハ、ありすデハアリマセン。内藤三國デス。

――ボクハ、蓮丈那智先生ノ研究室ノ、タンナル助手デス。

――シタガッテ、アナタノオ兄サンヲ、救ウコトハデキマセン。

弾《はじ》ける勢いで次々と脳裏に浮かぶ言葉を口に出せずにいると、杉崎尚子は本物の涙まで流して、「お願いします」と、繰り返すばかりだ。

東敬大学のみならず、最近の大学はどこでも、研究室のドアは半開きにしておくことが多い。ましてや学生の来室中は半開きが常識になっている。度重なるセクシャルハラスメントを防止するための、苦肉の策である。が、現状のように杉崎尚子が人目を憚《はばか》らずに泣き出しては、半開きのドアはかえって逆の効果をもたらす。仕方なくドアを閉め、泣きじゃくる尚子を椅子に座らせた。

「お話をとりあえず伺いましょう」

そういうと、ようやく尚子の表情に明るい光がわずかに戻った。

2

東敬大学ではサークルは、大きく二つに分けられる。大学が部活動費を全面的に支援する正規の「部」と、所定の人数と顧問が揃《そろ》えば活動の場が与えられる「任意団体」である。部と違って任意団体は部室というものをもっていないから、その活動は講義に使われていない教場で行なわれる。

内藤は、教務部に出かけて狐目の担当者を呼びだした。

「ちょっと調べてもらいたいことがあるんですが」

「うちは、蓮丈研究室の調査部じゃないはずだが」

狐目が、面白くもなさそうにいった。

「申し訳ありません。あのですね、任意団体の《アース・ライフ》というサークルの活動場所を教えていただきたいだけなんですが」

その名前を口にすると、狐目の表情が急に険しくなった。

「内藤君、君はあのサークルがどのような活動をしているのか、知っているかね」

「ええまあ、おおよそのところは」

「まさか、顧問でも引き受けるつもりじゃあるまいね。あそこの顧問を務めていたのは……」

狐目が、経済学部の教授の名前を挙げた。今年の六月に退職しているから、もはやアース・ライフとは縁が切れている。ただし、三月時点ではその名前で顧問登録をしているから、アース・ライフは今年度いっぱいの活動を認められている。

「あの人は、金に目がないところがあったからね。おおかた上納金めいたものを受け取っていたのだろう。だが、もうあのサークルに関わる職員はこの学校にはいない」

つまり、アース・ライフは来年度から学内での活動ができなくなると、狐目はいっている。それを聞いて内藤は、深いため息を吐いた。

「やはり、それほど危ないサークルですか」

「危ないもなにも……」

狐目のややヒステリックな説明に、杉崎尚子から聞いた話を重ね合わせて、内藤はもう一度密《ひそ》かにため息を吐《つ》いた。

杉崎尚子の兄・秀一《しゅういち》は、同じ東敬大学法学部に通う四年生である。彼の様子に変化が見られるようになったのは、半年ほど前からだそうだ。それまではサークル活動などど見向きもしなかった秀一が、「コンパがあるから」「短期合宿にいってくる」などといっては、家を空けるようになった。

「彼が入会したのが、そのアース・ライフなのですね」

「ええ、その時点で気がついていさえすれば」

説明するうちにまた涙を流しはじめる尚子に、内藤は続きを促した。

秀一の変化が決定的になったのが、就職活動の失敗であるという。長引く不況もあって、文系の学生の就職率はいっこうに回復の兆しを見せない。出版業界を目指していた秀一もその例外ではなく、軒並み受けた出版社、新聞社、果ては編集の実務を請け負う編集プロダクションまですべて不合格の憂き目を見た。そのころから、

「言動がおかしくなってゆきました。一人で部屋に引きこもることも多くなり、かと思うと一週間も十日も家を空けてしまったりするようになったんです」

ある日、秀一は一体の仏像を家に持って帰ってきた。

「最初から仏像であるとは知らなかったんです。なにせ、幾重にも布に包んで、だれにも見せようとはしませんでしたから」

「ああ、寺の秘仏などがそうした状態で保存されますね」

「ところが数日して、父親が騒ぎだしたんです。家の金庫にしまってあった預金通帳から三百万もの現金が勝手に引き出されてしまって」

「それもお兄さんが？」

尚子が頷《うなず》いた。預金を引き出したのがだれであるか、銀行に問い合わせればすぐに

判明することである。仔細《しさい》を問い詰めた父親は、そのときになって初めて、秀一の部屋にある奇妙な布包みを発見したのである。パニックかと思うほどの慌てようで包みを隠そうとする秀一を引き離し、中身を見ると仏像であった。

「多聞天《たもんてん》というそうです、ずいぶんと怖いお顔の」

「ああ、東西南北を守護する四天王のお一人ですからね」

聞けばそれは秀一自身の化身であり、これをもつ限りあらゆる災厄をはねつけ、勝利の王道を進みつづけることができるのであるという。自らの化身を見つけるためには、それなりの苦行《くぎょう》が必要で、それを成し遂げた自分なればこそ、こうして多聞天をお迎えすることができた。そのために必要な三百万ばかりの金が、どうして惜しいものか。この多聞天がある限り、金は十倍でも百倍でも稼ぎ出すことができる。

「そう、誇らしげに熱弁を振るう兄は……兄はもうかつての兄ではありませんでした」

そういいながら、尚子が取りだしたのは一冊の学会誌だった。

「それは！」

その瞬間、どうして杉崎尚子が自分を頼る気になったかを、理解することができた。

先月発売のその号には、内藤が短い論文を寄稿している。中部《ちゅうぶ》地方の一つの地域と、そこに残る奇妙な宗教の例を取り上げた上で、

『かつて仏教が、医療や建築といった先端技術の伝来と背中合わせで日本に根付いたように、また儒教・儒学が朱子学への発展の後、中世以降の武家社会における社会体系の背骨として機能したように、宗教は信仰とは別の次元で社会のなかにおける社会システムの一翼を担うか、もしくはこれを補完することによってのみ、その正当な存在を主張できるのではないか。カルト宗教がまったく逆の立場と社会認知を維持せざるを得ないのは、こうした機能をもたないがゆえの宿命なのである』

そう結論づけている。那智が「なかなか面白い考察だ」といってくれたことも嬉《うれ》しかったが、マイナーな学会誌を熱心に読んでくれる学生がいてくれたことはさらに嬉しい。少しだけ邪心をもっていうなら、それが女子学生であってくれたことがさらにさらに嬉しい。

内藤は杉崎尚子の話を聞くばかりではなく、具体的な相談に乗ってやろうという気になった。那智の鋼鉄《はがね》の視線を浴びたような気が一瞬したが、それを忘れることにした。

大学への届け出によると、アース・ライフは学生間の親睦《しんぼく》を目的として活動を行なっていることになっている。大学当局としては、シーズンスポーツのサークルと大した違いはないだろう、という認識で任意団体の許可を与えたのだそうだ。それが三年前のことだと、狐目が教えてくれた。ところが実体はカルト的な宗教団体であることが判明したが、大学は彼らを解散させることができなかった。信教の自由を侵害するわけにはいかないし、親からのクレームが届いても、とうの学生本人が、それを強く否定してはいかんともしがたい。どうやら杉崎秀一のように、親の金を持ち出す例は極めてまれで、学生本人がアルバイトによって捻出《ねんしゅつ》した金を、毎月納めて高価な仏像を購入しているらしい。なんのことはない、信販会社の真似事を、アース・ライフが代行しているだけのことである。

彼らが活動する教場に近づくにつれ、まず聞こえてきたのは複数の大きな足音である。教場のドアをノックしたが反応がないのは、あるいは足音が大きすぎて聞こえなかったのかもしれない。そう思って内藤は、思い切ってノブに手をかけた。

眼に飛び込んできたのは、特殊樹脂張りの教場の床を、はね回る三十人余りの学生の姿だった。全員がお揃いのトレーナーのようなものを着ている。よく見るとある種のステップがあるようだ。

——これは、たしか。

内藤は、東大寺《とうだいじ》等に伝わる《修二会《しゅにえ》》を思い出していた。そこでとり行なわれる儀式のなかに《韃靼《だったん》の行法》と呼ばれるものがある。回廊から本堂にかけて独特のステップで練り歩く儀式である。

宗教における忘我《ぼうが》の極致を、マラソンランナーが走行途中に味わう弾《はじ》けるような快感、いわゆる《ランナーズハイ》に置き換える運動生理学者がいる。足の裏への一定且《か》つ連続性のある刺激によって、脳内から快楽物質であるドーパミンが放出されるという。これがランナーズハイである。人間がベータエンドルフィンやドーパミンといった、脳内物質なしに生きてゆくことができないことは、すでに研究が進んでいるし、そのメカニズムもかなりの部分が解明されている。それによると、同じことが鞬鞀の行法にもいえるのではないか。そして、それをさらに変化させたものが、

――この連中の奇妙なステップなのかもしれない。

そのとき、一人の女子学生が床に倒れ伏し、大声を上げはじめた。何事が起きたのかと近寄ろうとすると、それよりも早く周囲の学生が彼女を取り囲んで、

「おめでとう」「おめでとう」「ついに到達したね」「ようやく神の仲間だよ」「これで我々は兄弟になれる」「おめでとう」「おめでとう」

口々に祝福の声を掛けてゆく。女子学生は、ただ悶絶《もんぜつ》したように、あるいは放心したように全身を震わせるのみだ。

――こりゃあ、いけませんわ。ぼくの手に負える連中じゃあ、ありません。

杉崎尚子に心のなかで詫《わ》びて、その場を立ち去ろうとしたところへ、

「もしかしたら、蓮丈先生の研究室の方では」

恐ろしく優しい、聞いているだけで耳の奥から脳内にまで浸透しそうな、女性の声が内藤を呼び止めた。

「はあ、たしかに蓮丈研究室のものですが」

おそるおそる振り返ると、周囲とは違った純白のトレーナーを着た女性が微笑《ほほえ》みを浮かべて立っていた。今時の若い女性にはない、柔らかな体のラインをもったその姿が、瞬間的に飛鳥《あすか》時代の古仏に見えた。

「たしか、内藤三國先生……ですよね」

「先生ではありません。助手です」

そういいながら、内藤は胸の裡《うち》でざわめく、さざ波を感じていた。蓮丈那智から受ける波動とはまったく異質の、すべてを許し、包容するような不思議なバイブレーションである。いつもそうしているのか、細く絞った眼の奥からは安息の光が迸《ほとばし》るようだ。

「光栄ですわ。一度直接お会いしてみたいと思っていたのですよ」

「そっ、そうですか」

差し伸べられた白い手が、内藤の掌《てのひら》を触れるか触れないかの微妙なところで包み込んだ。

「アース・ライフを主宰する、桂木雅生《かつらぎまさお》です」

「桂木……雅生って、あの……あなたが、ええ!?」

「おかしいでしょう。よく誤解されるんですよ、男性と」

僕もその一人だと、内藤は密《ひそ》かに思いながら改めて桂木雅生を見た。決して美人の部類ではないかもしれないが、だからといって魅力的でないとはいえない、不思議な空気を身にまとっている。いつの間にか内藤は視線が釘《くぎ》づけとなり、桂木雅生から目が離せなくなった。しきりと後頭部のあたりで「危険だ」という声がするのだが、理性も自制心もどこかでサボタージュしているらしい。

「なにか、わたしどもに御用がおありですか?」

「いえ、その、大した用事というわけではないのです」

内藤は、自分の声が完全に裏返っていることに、ようやく気がついた。

——ものすごく、まずい状況に置かれていないか、ぼくは。

視線ばかりではない。少しずつ、身体《からだ》の一部分から浸食され、やがて全身が桂木雅生によって支配される自分の姿が、はっきりと見えた気がした。

「用もないのに……もしかしたらわたしどもの活動に興味がおありなのですか。それならばぜひ見学を、いえ、活動を体験されてみてはいかがですか!」

その声を待っていたかのように、教場内の学生が内藤を取り囲んだ。

「どうぞ、体験してください」「さあ、共に心を開きましょう」「魂の解放とは、人間の喜びに他なりません」「わたしたちはあなたを歓迎します」

なんの邪心もなく、蒼天《そうてん》のように澄みきった瞳《ひとみ》の学生たちが口々にいう。

「待ってください。そうじゃないんです」

「理屈など捨ててしまいましょう」「捨てることは、創造の源です」「魂を昇華させて」「さあ、一緒に踊りましょう」

声を振り払うように、内藤は叫び声をあげていた。

「待ってください！　ぼくは人を捜しにきたんです」

周囲が一瞬のうちに沈黙し、気まずい空気が学生たちの間に流れ込んだ。そんな気がした。

「人捜しですか。なんという方ですか？」

桂木雅生の問いに、「杉崎秀一」と告げると、今度は戸惑いと微《かす》かな怒気のようなものが感じられた。だれかの唇が「裏切り者」と、動いた気がしたが、それは単なる錯覚であったかもしれない。

「彼は……もう十日ばかりも活動に参加していませんよ」

「というと」

「あるいは、当サークルを辞めてしまったのかもしれませんね」

「本当ですか」

「それよりも内藤先生。わたしどもからもお願いがあるのです。アース・ライフには現在顧問がおりません。このままでは来年度からの活動に支障をきたすことは火を見るより明らかです」

「まさか、あの」

「どうか、サークルの顧問になっていただけませんか」

再び不穏な熱気が、学生たちの間に充満した。

「いや……ぼくは単なる助手でして」

「構いません。学内規定では顧問は助手の方でもよいことになっています」

「そりゃあ、まあ、そうなんでしょうが」

「どうか、一度わたしどもの活動を体験なさってください。先ほどのステップは《大地の息吹《いぶき》》といいまして、体にもとてもいいんですよ」

気づけば怒濤《どとう》のような「踊りましょう」コールが、内藤に向けて押し寄せはじめていた。それがいつまでも止《や》むことがない。声は教場内に響き渡り、反響し、そして内藤の耳の奥に浸透して、意識の内側に充満しつつあった。

――ま、せっかくだから一度くらいは体験してみてもいいのかしらん。これもフィールドワークの一環ということで。

あと一歩のところでステップ集団の一員になりかけようとした、その刹那《せつな》、

「無用！」

鋭い声が、内藤の意識に充満したコールを霧散させた。

「……那智先生」

「那智先生じゃない。まったくなにをやっているんだ」

那智の歩みと共に、幾重にも内藤を取り囲んだ学生たちの輪が左右に割れた。那智の遥《はる》か遠い祖先が、どこでなにを行なったかがおぼろげながら見えた気がした。

「先生こそ、どうしてここに？」

「教務部から研究室に電話があった。君がまずいところに出入りしようとしていると」

「ははあ」

そこへ、桂木雅生が「これはようこそ、蓮丈先生」と、割って入った。対峙《たいじ》する二つのキャラクターを見ているうちに、

——…………!?

内藤は奇妙な違和感を覚えた。先程まで、あれほど強く感じていた桂木雅生の癒《いや》しの空気が、心なしか弱くなった気がしたのである。あるいは、包み込むような心地よさのなかに一本の茨《いばら》が紛れ込んだ感触、といってよいかもしれない。

「内藤君は、雑用繁多《ざつようはんた》の身だ。顧問就任の件はお断わりする」

「それは、先生が決めることではないのでは。ねえ、内藤先生」

そういって、桂木雅生が内藤を見た。その視線に搦《から》め取《と》られるよりも先に、那智の「ミクニ、どうなんだい」という声が、耳に届いた。

「もちろん、この内藤三國は顧問を引き受ける気などありません」

「ということなので、失礼する」と、歩きだした那智の背中を、内藤は慌てて追いかけた。背後でなにか声がしたようだが、振り返ることはなかった。


研究室に戻った内藤は、照れくささを誤魔化すように、那智に抗議した。

「ところで先生、先ほどの雑用繁多って、あれはないでしょう。普通は御用繁多《ごようはんた》とかなんとか、もっといいようがあるでしょうに」

「気にするな、言葉の綾《あや》だ。それよりもどうしてあんな胡散《うさん》臭い連中のところへ」

いったいなんの用があったのかと問う那智に、内藤は抗議を諦《あきら》めて、杉崎尚子と秀一のことを説明した。

「杉崎秀一？」

「知っているんですか」

それには応《こた》えずに、那智がデスクの上の新聞に手を伸ばした。ラジオ・テレビ欄をめくった那智が「やはりここだ」と、三面記事を指さした。

『川崎《かわさき》市多摩区の自然公園で発見された首吊《くびつ》り遺体の身元は、都内私立大学に通う大学生で、杉崎秀一さん（二十三歳）と判明。ポケットには遺書らしい走り書きも残されており、警察では自殺とみて捜査を進めている』

記事を読み終え、「嘘だろう」と呟《つぶや》く自分の声が、内藤にはまるで他人のもののように思えた。だが、事件は内藤が思った以上に残酷で、救いようのない方向へと進んでいった。

これより先だつこと、一週間前。狛《こま》江《え》駅前で骨董《こっとう》商を営む、吾妻孝典《あづまたかのり》という五十六歳の男が、自宅兼店舗の応接室で、他殺体で発見されている。

いつの間にか杉崎秀一には、その殺人容疑がかけられていたのである。

3

梅雨が明け、前期試験が近づくまで、内藤は杉崎尚子とその兄・秀一の一件を忘れていた。というよりは、思い出さないようにしていた。秀一の遺体が発見され、しかも彼に骨董業者殺害の疑いがかけられてからというもの、尚子の姿を学内で見かけることはなかった。那智の講義にもあれ以来欠席が続き、レポートの提出もしていないから、単位の取得を諦めたと見て間違いない。

研究室のデスクで資料の仕分け作業——那智がいうところの繁多な雑用——をこな

しながら、何気なしに、

「例の案件、どうなりましたか。神々の変貌《へんぼう》に関する考察」

途端に、キーボードを打ち込む音がぱたりと途絶えた。不意に訪れた沈黙が、不吉な予感にすり替わるのにさしたる時間は必要なかった。

「内藤君はどう考える。君にサジェスチョンしてから相当な時間が経つ。もちろん、それなりの考察を試みたのだろう」

「うっ、それは……」

――人は昨日に向かうときしか賢者になることはないって、だれの台詞《せりふ》だったか。にもかかわらず、この愚か者がア。

これほど長きにわたって助手を務め、いい加減に学習能力を発揮《はっき》すべき我が身の、かくも愚かなる墓穴《ぼけつ》掘り発言に、内藤はもの悲しい気分になった。

蓮丈那智がその案件について、論文をまとめた形跡は、今のところない。ということは、那智でさえも手をつけかねているということではないのか。それを急に振られたところで、まともな考察などあろうはずがない。

だからといって、ここで沈黙の継続を許してくれる那智ではない。そうしたことだけはちゃんと学習している自分に、つくづく嫌気が差してきた。

「どうした！　わたしの言葉がよく聞き取れなかったのかな」

「そんなことはありません。ええっと、つまり神々の変貌には、そのですね」

「何故《なぜ》、素戔嗚尊は急に善なる神に変貌したのか」

「そして、本来は死と破壊の神である大黒天は、どうして福々しい豊穣《ほうじょう》の神に転化させられたのか」

不意になにかの影が脳裏を過《よ》ぎる感覚を覚えた。発想という名の小動物の影である。これが発見に繋《つな》がるか否《いな》かは、この段階ではわからない。だが、小動物を追跡すべく、内藤は言葉を選択しはじめた。

「素戔嗚尊が変貌するのは、高天原を追われ、地上に下って後のことですよね。ということはその転機は天照大神による天の岩戸隠れと見ていいことになります。では大黒天の場合はどうでしょうか。そもそも口伝であった古事記が、太安万侶《おおのやすまろ》の編纂《へんさん》によって文書化《もんじょ》したのは……」

「古事記の成立は西暦七一二年だ」

那智の声が、心なしか機嫌がよくなったように思えた。それが錯覚でないことを祈りつつ、内藤は言葉を続けた。

「仏教の伝来は一説には西暦五三八年、異説によれば五五二年ですから、かなり早い時期から死と破壊の神としての大黒天が、日本に伝わっていた可能性があります。さらに考察を進めます。古事記を文書化するということは、複数の人の眼に触れることを可能にすると同時に、未来への記録が可能になったということでもあります」

頭のなかがヒートアップしてきた。

──あと、もう少し。あと少しで真実の扉が開かれる。

が、それよりも先に、内藤の頭脳はオーバーヒートした。論理の糸が寸断され、

──＊?@＋!@?＊＊#$%&。

思考は脈絡を失った。

「もういい。よくそこまで考察したね」

「あっ、ありがとうございます」

思いがけない那智の言葉に、内藤は涙腺《るいせん》が弛《ゆる》みそうになった。

その時、半開きの研究室のドアが、軽くノックされ、「いらっしゃいますか」と、
低い男の声がした。すると那智の細い眉《まゆ》がぴくりと動き、

「どうやら珍しい来客のようだ」

と、笑った。同時に、背丈こそ低いが、全身にみっしりと筋肉をたたえた男が、

「珍しい、はないでしょう。先生」

笑いながら部屋に入ってきた。

「ご無沙汰《ぶさた》しています」

「先生、この方は?」

男の声と内藤の声とが重なった。

「五年前のうちの卒業生だ。わたしの講義の受講生でもあったし……卒業時に助手として誘ったのに、それを断って、警視庁に奉職した、変わり者だ」

男が「細谷《ほそや》です」と、手を差し伸べた。握手をすると、その分厚い肉の感触が、まったく反対の印象をもつ桂木雅生のことをなぜだか思い出させた。

「去年、巡査部長に昇格して、狛江《こまえ》署勤務を拝命したのですよ」

「うん、その便りは受け取った」

「……で」と、細谷が言葉を濁した。

「例の杉崎秀一の一件を任された？　ここの卒業生なら、捜査がしやすかろうと」

「参ったな。相変わらずの慧眼《けいがん》なんだから」

二人の会話を聞いているうちに、内藤のなかで杉崎尚子の顔が唐突に蘇《よみがえ》った。カルト教団にのめり込み、家族を顧みなくなった兄を、「助けてください」と涙ながらに懇願した、その女性のことを、激しい後悔と共に思い出した。

「あの……杉崎秀一の一件は、もしかしたら、まだ」

「ええ、継続捜査中です」と、細谷がいった。

「でも、彼は狛江の骨董業者殺しの容疑者として、被疑者死亡のまま書類送検されたのではないのですか」

「ほお！　さすが蓮丈先生の助手だ。ずいぶんと専門的な用語をご存じでいらっしゃる」

そういって細谷は、杉崎秀一の事件が、簡単に捜査を終結できない状況にあることを説明しはじめた。

「殺害された吾妻孝典ですが……これがまた一筋縄ではいかない、食わせ者でしてね。まあ、骨董業者という人種は、だれでも同じなのかもしれませんが。こちらにアース・ライフとかいう妙なグループがあるでしょう。ええ、カルト教団です。吾妻はそいつらと組んでいたのですよ」

アース・ライフが、信者――彼らにいわせればサークルの仲間――に売りつけていた仏像の仕入れ元が吾妻であった、といった。吾妻が競《せ》り市《いち》などでそれらしい古仏を安価で仕入れ、そこにもっともらしい由緒、来歴をでっち上げて桂木雅生が法外な値段で売りつける。「火事で亡くなったあなたの祖母が、この像のなかに封印されている」といわれ、ただ同然の不動明王像を五百万円で買った女性信者もいるという。無論そのような金額が、学生の身分で支払えるはずもない。

「彼女、嬉々《きき》として風俗の店で働いて、教団に金を支払っているそうです」

細谷が、吐き捨てるようにいった。ただ、那智はそのことにまったく興味がないのか、

「どうして、捜査を終結できないのだろう」

と、ぽつりと呟《つぶや》いた。

「そこなんですよ。実は……マスコミにも流してはいないのですが、杉崎の遺体の傍に奇妙な物が置いてありましてね」

「奇妙なもの？」

「ええ。ご存じでしょう、七福神。そのなかの戎《えびす》と大黒の像が二体、杉崎が首を縊《くく》った楡《にれ》の木の根本に置いてあったのですよ」

「戎と大黒！　どうして、またそんな」

内藤の問いを、「だからこそ、捜査を打ち切ることができないのですよ」と、細谷は笑って、受け流した。

「遺体の傍に、戎・大黒か。そうだ、遺書のような走り書きがあったと聞いているが」

「ところが那智先生、それも『悪いのはわたしだ、責任はわたしにある』といった程度の文面で、おまけに筆跡鑑定が不可能なほどの荒れた文字なのですよ」

「しかし警察が捜査を中断しないということは……それだけの理由ではないね」

「まあ、そういうことです」

「もしかしたら、アース・ライフというのはうちの大学だけじゃなくて、他にも拠点があるのかな」

「ええ、都内に六ヶ所ばかり」

「信者の総数は」

「把握できている限りで、八百名ほど」

「というと……動いているのは公安警察だね」

その時になって初めて細谷の顔から、かつての卒業生が恩師の許《もと》をたずねた懐かしさの表情が消えた。警察官の顔と声とで、

「すみません、それにはお答えできないんです」

「でも」と、内藤はたずねてみた。

「アース・ライフを主宰する桂木雅生《まさお》という女性は、うちの学生ですよ。いくらカルト教団といっても、二十歳そこそこの女性に八百人もの信者が従いますか」

「内藤君といったね。彼女が東敬大学に入学したのは七年前。おまけに入学時すでに二十六歳だった」

「ということは、三十三歳！」

内藤は、桂木雅生のもつ包容力の根源を理解した。

「桂木は、二十歳そこそこで別のカルト教団に入信しています。アース・ライフにおけるノウハウは、そこで学んだと考えていいでしょう」

細谷が、内藤ではなく那智に説明した。

「入信……教えを信じたというよりは、ノウハウを学ぶためにそこに所属したということか。となると、本学への入学も」

「ええ。教団の発足《ほっそく》と拡大には、勉学の意志がもっとも希薄な、しかも時間をもて余している上に生半可な知識をもっている大学生が、最適だと彼女は考えたのでしょう」

「フフフ、学長が聞いたら、悲憤《ひふん》のあまり寝込みそうな台詞《せりふ》だね」

「すみません、いいすぎました。でも」

「わかっている。警察も相手が宗教である以上、慎重にならざるを得ないのだね」

信教の自由は、いかなる理由があろうとも守られねばならない。ということは宗教世界とは、警察権力といえども迂闊《うかつ》には手を出すことのできない、伏魔殿《ふくまでん》でもあるということだ。細谷の表情に、明らかな曇りが生じた。それを見て、

「なるほど、伏魔殿はもう一つあったか」

「そうなんです」

「私学の経営は岐路に立っているからね。いたずらに騒ぎを大きくして、大学の評判を落としたくないというわけか」

二人の会話から、今回の事件に関して、大学側が非協力的な態度をとっていること

が察せられた。

　——もっとも、今に始まったことではないが。

　要するに事件はすべて杉崎秀一個人の問題であり、大学はなんら関知するところではない。ましてや学内にはサークル活動を装ったカルト教団など存在しないし、また、その関連で彼が事件を起こし、自殺したというようなことはあり得ない。あくまでもそれを押し通すつもりなのである。

「ところで」と那智がいった。

「……なんでしょうか」

「疑問がいくつかある。杉崎秀一は、自殺と断定されつつあるのだろうか」

「かなりの確率で、そちらに傾きそうです」

「もしかしたら、遺体の傍にあった戎・大黒の像と、骨董《こっとう》商の吾妻が殺害された一件とが繋《つな》がっているのだろうか」

　細谷が、かなわないといったポーズで首を縦に振った。いや、そのポーズそのものが擬態で、あるいは最初からこうなることを期待していたのではないだろうか。大学側がいくら非協力的な態度をとっても、この学内には一人だけ、そうした思惑を常に裏切りつづける人物がいる。彼女の教え子であれば、そのことに思い至らないはずがない。

「実はですね。あの二体の木像なのですが、吾妻の死亡推定日時の前日まで、彼の店にあったものだと証言する人物がいるのですよ」

「別に杉崎がそれを買ったとしても不思議はないだろう」

細谷が、今度は首を横に振った。

「今の彼にはとても手の出せる金額ではありません。嘘か本当かは知りませんが」

細谷は、右手の指を三本立てて、「三百だそうです」と、なぜか声をひそめた。それは大金だ、自分の年収よりも遥《はる》かに高いと、内藤は口を滑らせそうになって、危うく衝動を押し留《とど》めた。

「その証言をした人物によれば、杉崎は戎・大黒の像をどうしても欲しがっていたということです」

「それはおかしいですよ」と、内藤が口を挟んだ。

「おかしい？」

「だって、杉崎秀一はすでに自分の仏像をもっていたんです。彼らの考え方に従うならば、自らの化身である、多聞天《たもんてん》の仏像をやはり三百万も出して買っているんです。いくらなんでも化身は二つもいらないでしょう。それに戎・大黒だって、二体です。これもなんだか奇妙な話ですよ」

「まあ、詳しい人間によれば、骨董の世界では戎・大黒が二体一対で扱われることは少なくないそうなんだが」

　さらに奇妙なことがある、と細谷がいった。

　アース・ライフと組んでからというもの、吾妻にとって仏像の仕入れは重要な業務となった。いくら仕入れてもだぶつく心配がないのだから、多少の高値でも意に介さず引き取っていたらしい。

「ところが奴《やっこ》さん、このひと月あまりというもの、仏像の仕入れをぴたりとやめているんです」

「でも、戎・大黒を……」

「そこなんですよ。吾妻は実に細かい仕入れ台帳をつけていましてね。おかげで仏像の仕入れをやめたことがわかったのですが……不思議なことに死亡推定日時の三日前、突然ともいえるタイミングで戎《えびす》・大黒像を仕入れているんです。台帳にはっきりと『エビス・ダイコク一対』と、書かれていました」

「そしてその像は店から消え、杉崎の遺体の傍にあった、か」

　那智の呟《つぶや》きが、くぐもって聞こえた。言葉にしながら、激しく思考しはじめた証拠である。内藤は細谷と顔を見合わせ、黙って頷《うなず》いた。

「本当に戎・大黒は店のなかになかったのかな」

「ありません。戎・大黒はおろか一体の仏像もなしです」

「よほど仏像を扱うことに懲りていた……か」

那智が自らの額を、指でこつこつと打った。

「可能であればの話だが、現場を見ることができるだろうか」

「そうですね、骨董業者と民俗学者は決して無関係ではありませんから、参考意見を聞くということでなら、なんとか」

「ところで、杉崎が戎・大黒の像を欲しがっていたと証言した人物とは、だれなの？」

「だれだと思います。驚きますよ」

そういって細谷が口にした人物は、内藤に少なからぬ衝撃を与えた。

「桂木雅生だって！」

那智の鳶色《とびいろ》がかった眼が、ほんの一瞬、異形の光をたたえた気がした。

4

内藤が、久しぶりに杉崎尚子の姿を学内で見かけたのは、細谷の訪問から三日後の午前中だった。見覚えのある顔立ちが視界に入った次の瞬間、内藤の目は信じられないものを見、認識した。尚子の周囲には十人余りの学生がいた。すべての学生がお揃《そろ》いのトレーナーを着ている。杉崎尚子も例外ではなかった。

――あれはアース・ライフの……でもまさか！

信者とお揃いのトレーナーは、彼女の入信を示すなによりの証拠だ。内藤は杉崎尚子の後を追いかけようとして、やめた。そのための一歩を踏み出すことが、どうしてもできなかったのである。教場で彼らに取り囲まれ、シュプレヒコールにも似た言葉を浴びせかけられた記憶が、その場の雰囲気に危うく屈服しそうになった恐怖が、内藤を無力な愚者《ぐしゃ》に仕立ててしまった。

遣《や》りきれない気持ちのまま、研究室に向かうと、すでに那智は出勤していた。

「あれ、今日の講義は午後からでしょう」

「ちょっと、調べものがあったのでね。どうした、ずいぶんと情けない顔をしているじゃないか」

那智にいわれるまでもない。気分は最悪で、そして最低だった。卑怯《ひきよう》者だけに与えられる独特の腐臭が、口内に溜《た》まっているようで気持ちが悪かった。

杉崎尚子を学内で見かけたこと、彼女がアース・ライフに入信したらしいことを告げても、那智は「そうか」といったのみだった。

「先生、こうは考えられませんか。もしかしたら彼女は、杉崎秀一の死に疑問を抱いているのではないでしょうか」

「だとしたら？」

「密《ひそ》かにそれを探るために、わざと入信した振りをしているとか。きっとそうですよ、そうに違いない。ああ、それってとても危険なことじゃないですか。彼女を止めなくっちゃ！」

内藤は無理にでもそう思いこもうとした。でなければ、激しい自己嫌悪に押しつぶされてしまいそうだった。その頬に、冷たい掌《てのひら》がぴたりと当てられた。那智の、意外にも柔らかい手が、内藤の理性を蘇《よみがえ》らせた。

「ミクニ。こんな言葉がある。暴力は最後の理性、宗教は最後の処方箋《しょほうせん》」

「最後の、処方箋……ですか」

「ことに精神方面の、ね」

それって、あまりに切ないじゃありませんかといおうとしたが、言葉にすることができなかった。内藤の唇は、その瞬間だけ機能を忘れて、いたずらに震えるのみだった。

「ちょうどよかった、一緒にいこう」

「どこへ、ですか？」

「細谷君が、吾妻の事件の現場を見せてくれるそうだから」

そういった那智の手が、内藤の肩にそっと置かれた。

吾妻の店までは、キャンパスからゆっくりと歩いても十分とかからない。駅前商店街の中程に、『吾妻骨董商会』と彫り込まれた木製看板をすぐに見つけることができた。看板の下にいるのは、細谷である。

「こんな所に、こんな店があったのですね」

「なんだ、知らなかったのか。十分に研究者失格だな」

「あまり、興味がないもので。すみません」

店の前で待っていた細谷が、「ご足労をおかけします」といった。

——…………？

店内に入ってまず気づいたのは、意外な狭さである。表から見た建物の大きさから考えれば、想像した店内規模の半分にも満たないのではないか。左右の壁に陳列ケースが置かれ、茶道具や古民具、陶器といった類《たぐい》のものが並んでいる。「興味がない」とはいったものの、内藤にも多少の鑑識眼はある。

「あまり……筋のよい物はないようですね」

那智に声を掛けると、「まあ、三流どころの品揃えだろうね」と、同調の言葉が返ってきた。

「と、だれもが思うでしょう」

細谷が意外なことをいった。その目が学生の気分に戻りでもしたかのように、笑っている。「どういうことかな」と那智がいうと、黙って、店の奥を指さした。

帳場の後ろの暖簾《のれん》をくぐり、ごく短い廊下を奥へと進むと、急に空間が開けた。その光景を目の前にして、内藤は言葉を失った。

調度品は応接用のテーブルに一対のソファーのみ。

あとは、部屋を埋め尽くしている数々の骨董品《こっとう》が、見るものを圧倒するばかりだ。年季のはいった薬簞笥《だんす》は、その細部にまで職人のたしかな腕と目とが届いているし、化粧箱と鏡とは完全に対になるように、螺鈿《らでん》細工で装飾が施されている。すべてが「超」のつく一級品であることは疑いようがなかった。

「そこの根付け細工など、凄《すご》いでしょう」

象牙《ぞうげ》を使った根付け細工が急激に発展するのは江戸《えど》時代中期のことだ。たぶんその当時のものだろう、人間業とは思えない精密さで、七福神の姿が彫刻されている。

「かと思えば、こんなものまである」

細谷が取り上げたのは、鉄道のレールを三十センチほど切り取ったものだ。

「これ、新橋《しんばし》〜横浜《よこはま》間に敷かれた日本最初の鉄道のレールなのだそうです。わたしには鉄屑《てつくず》にしか見えませんが、マニアの間ではとんでもない値が付いているそうですよ」

「じゃあ、そこに転がった、じゃなかった、置かれたものもやはり、なにかの由来が」

内藤は、ソファーの近くに置かれた、二つの材木片を指さした。それぞれ三十センチ四方の木の塊で、相当な古色がついている。

「木造建築の一部ですね。あるいは相当に有名な寺院の、改築の際に交換したパーツかもしれませんよ。そうしたものも、かなりの高値で取引がされてるらしいですから」

細谷の口調には、「わたしたちにはよくわからない世界ですよ」という思いが滲《にじ》んでいた。那智は那智で、部屋のなかをぐるりと眺め、

「なるほど、ここはＶＩＰルームらしいな」

と、独りごちた。

「相変わらず鋭い洞察力ですね。この部屋を一目見ただけでそれを看破したのは、先生が初めてですよ」

「そうした商売の方法があることを、以前、小耳に挟んだことがあるだけだよ」

二人の会話についてゆけなくなって、内藤は「あのぅ」と、説明を求めた。

細谷によれば、表の店は小遣い稼ぎのダミーのようなものであるらしい。あるいは、昨今のお宝ブームに乗ってやってくる、半素人《しろうと》相手の遊びのようなものといってもよい。「吾妻の本店は店の奥にある」というのが、業界では共通の認識であったそうだ。

「というと、どういうことなのでしょう」

「つまりこの部屋に通された人間のみが、本当の商売相手なのですよ、被害者にとっての」

「それって、かなり性格が悪くありませんか」

「この世界では、常識だそうですよ」

二人のやりとりを聞いているのか、いないのか、那智は傍若無人《ぼうじゃくぶじん》としか見えない仕草で、骨董品を次々に取り上げ、睨《ね》め回しては次の骨董品を取り上げてゆく。そして「なるほど」といった。

「なにがなるほど、なのでしょうか」

細谷の問いには、「見事なくらい、仏像関係が欠落している」とにべもなくいった。

「ああ」と、細谷の顔に、あからさまな失望の色が浮かんだ。それくらいのことなら、すでに警察が調べつくしたのに、といいたげな表情だ。だがそれも一瞬のことで、那智の質量感のある視線を浴びると、頬のあたりにたちまち緊張感が走った。

「結論を急ぐのは愚者の論法だよ」

「すっ、すみませんでした」

「この店の仕入れ台帳を見せて頂戴《ちょうだい》」

「はい、ただいま！」

細谷はからくり仕掛けのぎこちなさで、手にした鞄《かばん》をテーブルに置くと、たぶん押収品のなかから勝手に持ち出したのだろう、分厚いファイルを取りだした。

その夜。残務を終えて、内藤が研究室のドアの鍵《かぎ》を閉めようとしたのは、午後九時過ぎのことだった。すでに周囲の研究室は、みな閉まっている。

「内藤先生」

人がいるはずのない、ほの暗い廊下から、内藤を呼ぶ声がした。

南向きの窓のガラスを背に立っている人影が見えた。そのシルエットから想像するまでもなく、内藤は声の主がだれであるかを察知していた。

「杉崎……尚子さん？」

「よかった。ちょっとお話があるのですが、よろしいですか」

しばらく躊躇《ためら》った後、内藤は尚子を研究室に招き入れた。「ありがとうございます」と笑顔を見せる尚子の、あまりの屈託のなさに、逆に警戒心が湧いたが、その時にはすでにドアを開け、彼女を部屋に通していた。

珈琲《コーヒー》を淹《い》れて勧めると、また特上の笑顔が返ってきた。

「で、話というのは？」

「以前に、うちの師が先生にお願いした一件です」

「師？　それは桂木雅生のことですか」

絶望的な気分に襲われながらも、内藤は敢《あ》えて問うてみた。

「もちろんです！　彼女以外に師と呼べる人はいません」

「あなたは……アース・ライフという集団がどのようなことをやっているか、知っているのでしょう。だからこそ」

兄をサークルから脱会させる手伝いをしてくれと、自分に懇願したのではないか。そういおうとした内藤は、再び尚子の無邪気な笑顔を見て、言葉を凍り付かせた。そこには理不尽に兄を失った悲しみも、怒りもない。

「先生が、顧問を引き受けてくださりさえすれば、わたしたちは来年も、再来年も活動を続けることができます」

恐ろしく純粋な眼で、ひたすらに懇願する杉崎尚子はすでに別人となっている。無駄を承知で、

「お兄さんのことは、どう考えているのですか」

その時だけ、尚子は悲しげな眼をしたが、すぐにそれを笑顔で包み隠して、

「兄は、わたしのために命を投げ出してくれたんです。だからわたしも、立派な殉教者にならなければ」

恐ろしい言葉を平気で口にした。

「秀一さんが、あなたのために死んだ？」

「そうです。兄はわたしのためにどうしても、あの戎《えびす》・大黒の像を手に入れようとしたんですわ。あの像こそは、わたしの分身なのです」

「そういったのは、もしかしたら桂木雅生ですか」

「わたしの、人生の師です」

内藤はこめかみのあたりに血の滾《たぎ》る音を聞いた。これまで暴力衝動など覚えたことのない内藤が、このときだけは本当に桂木もろともアース・ライフを、ぶち壊してしまいたいと思った。

「わたしは、あの集団の顧問になる気などありません」

ありったけの理性を緊急出動させて、ようやくそれだけのことをいった。すると杉崎尚子は天使の微笑《ほほえ》みと共に信じがたい反撃を加えてきた。

「だったらわたし、ここで内藤先生から暴行《レイプ》されたと、警察に訴えます」

「なにをいい出すんだ、いったい！」

「脅しじゃありません、本気なんです。だから顧問になるといってください。お願いします」

どうしてこんな時間になるまで、尚子が待っていたのか、内藤はひどい脱力感と共に理解した。もし、今日チャンスがなければ明日、明日もだめなら明後日《あさって》、彼女はいつまでも待ちつづ続けたことだろう。内藤にとって致命傷となりうる「脅し」を、より有効に使用するために。

返事は三日以内にお願いしますと、杉崎尚子がドアの向こうに消えた後、どれほど呆然《ぼうぜん》としていただろうか。はっと我に返った内藤は窓ガラスに映る自分の顔に向かって何度か頷《うなず》いて、受話器を取り上げた。このような事態に立ち至っては、一人で解決などできようはずがない。まず蓮丈那智に連絡をして事情を説明し、次に細谷の携帯電話に連絡を入れた。

5

「わざわざ足をお運びいただき、恐縮です」

那智が、桂木雅生に向かって丁寧に挨拶《あいさつ》を述べた。内藤は軽く頭を下げたのみで、桂木の後ろに立つ杉崎尚子に目を向けた。今となっては悪魔のそれにしか見えない笑顔が、じっとこちらを見返している。

「こちらこそ。先生のお招きを受けるなんて、光栄ですわ。杉崎秀一さんに関することと伺いましたので、尚子さんにもきてもらいましたが、構いませんね」

「もちろんです。こちらは狛江署の細谷刑事です」

細谷は、足元に置いたかなり大きめの段ボール箱を気にしながら、「よろしく」と挨拶をした。

「でも意外ですわ。先生が警察の真似事をされるなんて」

口調はあくまでも柔らかだが、桂木雅生の言葉には明らかに非難と皮肉が込められている。だが、それを意に介するふうでもなく、

「見ていただきたいものがあるのです。それでご足労願いました」

那智は、淡々といった。それを待っていたかのように、細谷が段ボール箱から、ビニールに包まれたものを取りだした。ビニールをはずして、デスクに置いたのは、杉崎秀一の遺体の傍に置いてあった、戎・大黒の像である。

「これは！」と、尚子の口から驚きとも当惑《とうわく》ともつかない声が漏れた。

「お聞きしたいのは桂木さん、あなたが吾妻氏の店で見た像が、これと同じものであるかどうか。そしてそれを断言できるかどうか、なのです」

「おかしなことを聞きますね。もちろん、この像でした。だってわたしは吾妻さんから電話で連絡を受け、これを見せてもらうために店にいったのですから」

「間違いありませんね」

「はい」

「それが事件の前日であったというのも、間違いありませんか」

「幾度も同じことをいわせないでください」

三十三歳にしては遥《はる》かに若く見え、初めてあったときにはとても実年齢がわからなかった桂木雅生の印象が、幾分違って見えた。年相応のしたたかさが鼻につく上に、彼女のもち味である癒《いや》しの空気までもが、蓮丈那智を前にすると霞《かす》んでしまうようだ。

「ということは、あなたは事件の前日に吾妻氏の店を訪れ、これをその場で見た、と」

「先生、わたし少し失望しました。先生はもっと聡明《そうめい》な方だと思っていたのに」

「事実を確認したいのです、これはとても重要なことなのですよ」

「わたしはキャンパスに戻って、杉崎秀一さんに像があると告げたんです」

杉崎秀一は、その話を聞いて、ぜひとも戎・大黒の像を自分のものにしたいといったという。すでに多聞天を分身としてもっている以上、それはならないと桂木は申し出を断ると、像は妹のために欲しいのだと強弁した。桂木はそう説明した。

「その心根の優しさには打たれましたが、彼女の分身がこれら二像であるとは、だれにもわかりません。修行を積み、ようやくわかることなのです。そう説得しても、彼は自身の主張を変えませんでした」

「たぶん兄は、思い上がっていたんです」

尚子の言葉に反論しようとして、内藤はやめた。もう彼女の胸のどこへも、自分の言葉は届かない。彼女が聞き分けられるのは、桂木雅生の声のみだ。

「つまり、あなたの説得に耳を傾けることなく、杉崎秀一は翌日になって吾妻氏の店を訪れた」

「そうなのでしょうね。でも、あの像はわたしが引き取り、しかるべき人の許《もと》に届けるお手伝いをする話が決まっていました。吾妻さんも、同じことをいって断ったはずです」

「その後のやりとりがこじれ、結局事件は起きた、か」

「他に考えようがありますか」

「ありますよ」という、那智の一言が、その場の空気を一変させた。

桂木雅生の全身から、悪意と嘲笑《ちょうしょう》の気が発せられた。そう感じたのは自分だけではないはずだと、内藤は確信した。

「あなたが吾妻氏の店を訪れたのは事件前日などではない。当日だったのではありませんか。それにあなたは、これら二体の像を見てなどいない。どのような経緯があったかは知らないが、氏を殺害後、たまたま仕入れ台帳に『エビス・ダイコク一対』とあるのを見て、今度の計画を思いついたんです。店のなかを見ても、例の応接間を見てもどこにもそれらしいものは見あたらない。おおかたすでに売り抜けたのだろうと考えたあなたは、別の戎・大黒像をどこからか手に入れ、次に殺害した杉崎秀一の遺体の横にそれを置いたんです。その上で、彼がこれを異常な執念で欲しがっていたという話をでっち上げた。そうすれば、杉崎秀一による吾妻氏殺害、その後の彼の自殺という、一連の流れが自然にできあがる。あるいは、最初から罪を杉崎秀一に被《かぶ》せるつもりだったのかな」

「馬鹿馬鹿しい！　すべてはあなたの妄想に過ぎない」

桂木雅生の印象がまた変わった。

今はもう、明らかな悪意を剥《む》き出《だ》しにして、那智に反論を試みている。その姿の醜さを、尚子に見て欲しかった。が、内藤の願いはすぐに失望に変わった。醜く変貌《へんぼう》したのは桂木雅生だけではなかった。今や、杉崎尚子までもが同じ憎悪の眼差《まなざ》しで、那智を見ている。

「妄想ではない。自分ではうまくやり遂《お》せたつもりだろうが、あなたはとんでもないミスを犯している」

「面白いですね、はったりはやめてください」

「はったりなどではないさ」

那智が眼で合図すると、細谷が段ボール箱から別の物を取りだした。吾妻の応接間にあった、二つの木の塊である。

「あなたは、エビス・ダイコク一対の記述を見て、二つの像を必死で探したはずだ。

だが、そんなものはどこにもない。だからこそこの計画を立てた。だが、その時点ですでに計画は頓挫《とんざ》していたのだよ。あの部屋に、エビス・ダイコクは存在した」

「そんな馬鹿な！」

「どのような理由があったかは知らないが、吾妻氏はあなた方と縁を切ろうとしていた。それればかりじゃない。一切の仏像、それに類するものを身の回りから排除していたんだ。そんな人間がどうして急にまた、仏像を仕入れようとしていたのだろうか。いいや、彼は仏像などは仕入れるつもりはなかったんだ。彼が仕入れ台帳に記入していたエビス・ダイコクとは」

　那智が、木の塊を指さした。

「骨董《こっとう》業者の間では、これも《エビス・ダイコク》と、呼ばれるんだよ。柱の一部なのだそうだ。よく、大黒柱というだろう。そこから転化したものらしいが」

「仕入先も特定できました」といったのは、細谷だった。それが事実なのか、ブラフなのかはわからない。だが、桂木雅生にとってとどめの一撃になったことはたしかだった。

　杉崎秀一の遺体の傍にあった二体の木像を、店のなかで見たと断言した桂木に弁明の余地はない。仕入れ台帳に別の戎《えびす》・大黒を仕入れたという記録が一切ない以上、彼女が偽証をしたことは明確である。

「署までご同行願えますか」という細谷の申し出を、桂木は悪びれるでもなく承諾した。その姿を見送り、そしてこちらを向き直った杉崎尚子の目を見て、内藤は愕然《がくぜん》とした。自分の兄を陥れ、殺害した犯人を見つけることができたというのに、その目のなかには後悔の翳《かげ》りも安堵《あんど》の光もない。内藤と那智とを交互に見つめる尚子は、ただただ憎悪のみを全身から噴きだしていた。

——彼女はやはり……最後の処方箋《しょほうせん》に手をつけてしまったのだな。

内藤の心には、やりきれなさだけが残った。

一週間後。

手にしたマグカップを研究室のデスクに置いて、

「神々の変貌は、たしかに覇権の移動を示しているものではある。だがそれだけではなかったんだ」

と那智がいった。

「青銅器文明から鉄器文明への覇権の移動の他に、別の要素を含んでいるのですか」

「うん」といったまま、那智が黙り込んだ。こうした状況下におけるもっとも正しい対応策は、沈黙である。内藤はゆっくりと那智の唇が開かれるのを待った。

「神々の変貌のきっかけとなったものはなにか。それまで口伝であった古事記が、文書化されたことが一つのスイッチになったことは、すでに内藤君が考察したとおりだ。文書化とは即ち、複数の人間がそれを閲覧することを可能にする行為でもある」

「つまりは知らしむべきは知らしめ、そうでないものは切り捨てる、と」

「切り捨てることができなければどうすればいい」

「暗号化……でしょうか」

「その通り。主人公を置き換え、事実を脚色し、まったく別の物語に仕立て上げる。これはまさしく暗号化だよ。そこに隠された事実を知るべき立場にある人間にだけは、密《ひそ》かにキーワードを与えておけばいい。これがポイントの第一」

「それが、太安万侶《おおのやすまろ》による、古事記の編纂《へんさん》作業だったのですか」

「たぶん……そして、神々の変貌の原点にあるのが、天の岩戸隠れだという君の考察も、恐らくは正しい」

「天照大神《あまてらすおおみかみ》については、邪馬台国《やまたいこく》の卑弥呼《ひみこ》のことだという説がありましたよね」

「天の岩戸隠れは、日食説もあるし、卑弥呼の死と日食が同時に起きたことを示しているという説もある」

「でも、天照大神は、天の岩戸から出てきますよ」

「ポイントの第二はそこにある」

その時だ。「面白い話ですね」といって研究室に顔を覗《のぞ》かせたのは、細谷だった。

手にした紙の包みをデスクの脇に置き「先日のお礼です。大したものじゃありませんが」といって、笑った。どうやら洋酒のようだ。

――だとすると、タンカレーのマラッカジン、か。

「で、桂木雅生の自供は進んでいますか」

何気なくたずねると、細谷の表情に当惑の色が浮かんだ。

「犯行は認めているんですがねえ」

「他に、なにか問題があるのですか」

「動機が、二転三転してはっきりしないのですよ。まあ裁判で自供をひっくり返す気もないようですから、あまり心配はしていないのですが。担当検事が特に神経質な人でしてね、なかなか大変なんです」

すまじきものは宮仕えです、といいながら、細谷は勧められた珈琲《コーヒー》に口をつけた。人心地ついたのか、

「それよりも先ほどの話の続きを聞かせてくださいよ。ずいぶんと面白そうなお話じゃありませんか」

「面白いかどうかは、わからないが」と、那智が再び考察を開始した。

ポイントの第三は、素戔嗚尊《すさのおのみこと》が天照大神《あまてらすおおみかみ》の弟であり、大国主命《おおくにぬしのみこと》が素戔嗚尊の娘の夫であるという点にある。那智の言葉に、

「どうしていけないんです」

と細谷が口を挟んだ。

「素戔嗚尊が青銅器文明を象徴し、大国主命が鉄器文明を象徴していると仮定する。すると、当然のことながら天照大神もなにかの文明を象徴していなければならなくなる」

「というと……弥生文明あたりでしょうか」

「そう考えてもいいかもしれない。そしてこれらの物語を覇権の移動と考えるなら」

那智が研究室のボードに、
天照大神〜素戔嗚尊〜大国主命
と書き付けた。

「いずれも古代における一大事件だろう。これを古事記では単なる姉弟《してい》の争い、娘の夫への覇権の委譲という、身内もしくはそれに近い人間同士の間で起きた、ささいな出来事に矮小化《わいしょう》化してはいないだろうか」

「つまり素戔嗚尊は天照大神の弟などではなかったからこそ、敢《あ》えて古事記の編纂者は弟として記録したし、大国主命は素戔嗚尊の娘の夫などではなかったからこそ、敢えて身内として迎えられたと表記した」

内藤は、細谷の考察の鋭さに舌を巻くと同時に、微《かす》かな嫉妬《しっと》を覚えずにはいられなかった。蓮丈那智が「卒業後は、うちの助手に」と誘った理由が、十分に理解できた。

「ここに天照大神に象徴される文明と、それを有する民族が存在するとする。これを古代日本人第一世代と仮定しよう。そこへ、素戔嗚尊に象徴される青銅器文明とそれを有する民族が現われる。これが第二世代だ。縄文時代を経て弥生《やよい》時代《だい》に至る、そうした牧歌的な文明しかもたなかった第一世代は、第二世代に手もなく屈服したことだろう」

「つまりは、それが天の岩戸隠れ。だとすると、やがては天照大神は天の岩戸から出てくるわけですから、第一世代と第二世代は共存した。たとえ支配する側とされる側に分かれたとしても」

その時、内藤の脳裏を発想という小動物の影がよぎった。

「違う！　彼女はもしかしたら天の岩戸から出てこなかったんじゃ」

「どういうことだ」「よくそこに気がついたね、ミクニ」

細谷と那智の言葉がぴったりと重なった。

「そう。天照大神は天の岩戸から二度と再び出てこなかった。だからこそ、古事記の編纂者は敢えて『出てきた』と表記したんだ。これはなにを示しているのだろうか」

「もしかしたら……大量虐殺」と内藤がいうと、那智が不意に暗い目つきになって首を横に振った。

「そんな表現では甘すぎるほどの、残酷を極めた殺戮《さつりく》。一つの民族をそっくり地上から消してしまうほどの」

「異民族による、民族そのものの抹殺！」

だからこそ、素戔嗚尊は天照大神の弟でなければならなかったし、事件後は善なる神に変貌《へんぼう》しなければならなかった。そうして樹立されたのが、第一期大和朝廷ともいうべきものだった。

「第二世代は、大陸からやってきた異民族だろう。だが、彼らの覇権も長くは続かなかった。再び別の民族——第三世代——が、今度は最強無比の鉄器文明を手に、第二世代に襲いかかった。そして、ここでも再び同じことが繰り返されたんだ」

「民族そのものが、古代の日本では入れ替わってしまった」

細谷の声は、呻《うめ》き声に近かった。

さらに那智は続けた。

「元々第二世代は、第一世代を地上から抹殺したほどの好戦的民族である。小さな禍根も残さないために、第三世代は、再び大地を朱《あけ》に染める殺戮行為を敢行するしかない。そして古事記はこれを、岳父からの覇権の委譲と記録する」

「では、大黒天の変貌というのは」

「口伝当時、古事記は、第三世代のことをマハーカーラ、死と破壊の象徴である大黒天として伝えていたのではなかっただろうか」

「じゃあ、もしかしたら大黒天であったものが……」

「古事記の文書化の時点で、善なる性格を有する仮想神格《かそうしんかく》、まったく別の神格であるオオナムチ、あるいは大国主命へと置き換えられたのだと、わたしは考える。忌わしい歴史を、文書という記憶のなかに封印してしまうために。そしてその情報の一部がどこからか漏れ、わずかでも残っていたからこそ」

「大黒天と大国主命は民衆の間で簡単に融合し、転化してしまったのですか」

「それこそが神々の変貌の意味するところであると」

そこまでいった那智の唇が、ぴたりと止まった。

「神々の変貌……細谷君！」

思いがけない叫声に、細谷がその場に立ち上がり、直立不動の姿勢をとった。

「桂木雅生は、動機について曖昧《あいまい》にしているといったね」

「はっ、はい、たしかに！」

「どうして、二人は殺害されなければならなかったのだろう。いや、それ以前に吾妻は連中と縁を切ろうとしていた。それはなぜだ？」

「アース・ライフの活動についていけなくなったからでは」

「どうして、ついてゆけなくなった」

「そりゃあ、詐欺まがいのことをしていましたから」

「そんなことは初めからわかっていたはずじゃないか」

そういって、那智は唇を噛《か》んだ。ぷっと血の玉が粘膜に浮かんだ。それを舐《な》め取る那智の顔は、憤怒《ふんぬ》の不動明王に似ていなくもなかった。

「神は変貌してしまったんだ。だからこそ吾妻は連中との縁を切ろうとしていた。たぶん、杉崎秀一も同じではなかったのか。そのために二人は粛清されたんだ。戎《えびす》・大黒像の件は偶然かもしれないが、二人の殺害はあらかじめ計画のなかに織り込まれていたものではなかったのか」

「粛清！」と、叫んだ細谷の声は、明らかに緊張している。それが内藤にもはっきりと伝わるほどだった。

「二つの命を粛清にかけねばならないほどの、神の変貌。そして彼らの神は今は、警察に勾留《こうりゅう》の身だ。神と共に変貌した信者は、どんな行動に出るだろうか」

言葉の最後を待つことなく、細谷が「失礼します」といって、研究室を飛び出していった。

「連中のステップを見たときに気がついていたんだ。密教の一部を取り入れているんじゃないか、とね。密教という奴は解釈次第では恐ろしい思想に変貌することがある。いや、そんな連中に利用されやすいというべきか」

そういって那智は、自分の額を拳《こぶし》で何度か打った。

各拠点に数十丁の散弾銃、手製爆弾を揃え、神である桂木雅生を奪回すべく準備を進めつつあったアース・ライフのメンバーが、一斉に検挙されたのは、三日後のことだった。最初は単なる新興宗教とその信者に過ぎなかった彼らが、いつしかテロリズムに極めて近い革命理論をもってしまったこと、そのために密《ひそ》かに武器を調達していたことなどが、連日のように各マスコミによって報道された。

らしい。

内藤には「らしい」としかいいようがなかった。

逮捕され、プライバシーさえも丸裸にされるメンバーたちのなかに、杉崎尚子の名前を見聞きするのが厭《いや》で、ほとぼりが冷めるまで、内藤はあらゆる新聞、雑誌、ニュースの類《たぐい》を避けつづけた。

蓮丈那智の口からも、事件に関する言葉は一切聞かれることがなかった。

死《しの》満瓊《みつるたま》

『一書曰、先生二彦五瀬命一。次稲飯命。次三毛入野命。次狭野尊。亦号二神日本磐余彦尊一。所二称狭野一者、是年少時之号也。後撥二平天下一、奄二有八洲一。故復加レ号、曰二神日本磐余彦尊一。

日本書紀巻第二』

1

『煙草《たばこ》をやめることにしたから、灰皿を片づけておいて』

人はしばしば、理不尽《りふじん》の壁を前にして立ち竦《すく》まねばならぬことがある。そうすることによってのみ切り開かれる真実と未来は、確実に存在するし、それを否定できるほど、内藤三國のこれまでの人生の道のりが平坦《へいたん》であったわけではない。

問題は理不尽の頻度の問題ではなかろうかと、最近しきりに思うのは、

——精神と身体《からだ》の耐久性のバランスが、均衡《きんこう》を欠いているのか。

要するに見た目の打たれ強さとは裏腹に、深層心理のどこかが悲鳴を上げているのかもしれないと、内藤は真剣に考えた。

研究室のコンピュータのメールボックスにただ一行、他にはどこをどうついても一欠片《ひとかけら》の文字さえも感知できない、あまりに素っ気ない那智からのメッセージを見ながら、である。

煙草をやめるとはどういうことか。

だから灰皿を片づけておいてというのはどういうことか。

蓮丈那智はたしかに煙草を吸う。しかしそれは彼女の身体《からだ》が、いわゆる中毒症状として二コチンを求めるが故《ゆえ》の行為ではない。那智が細身のメンソール煙草をくわえるのは、その行為によって神経をどこか一つ所に集中するための儀式、煙草は祭祀《さいし》における道具のようなものでしかない。今さらやめる必要などあるとは思えないし、第一この研究室には灰皿などというものが存在していない。

一年ほど前までは小さなスチール製の灰皿が置いてあったが、ある時、那智の吸う煙草の煙が原因でフロッピーディスクのドライブが壊れてしまい、およそ三ヶ月にわたるフィールドワークのデータがすべて消えてしまったことがある。煙の細かな粒子がディスクの差し込み口からドライブ内に侵入したらしい。以来研究室では煙草は不文律のうちに御法度《ごはっと》となり、コンピュータの記憶媒体がフロッピーディスクからCD－Rに換わった今でもその習慣に変わりはない。

なによりも、である。

「吸っているか吸っていないかわからない煙草なんかより、もっと切実な問題があるでしょう、ああ、那智先生！」

内藤は天井を仰いで、本気で泣きだしたい衝動に襲われた。デスク上の書類、資料の類《たぐい》をすべて床にぶちまけ、「ばっか野郎、辞めてやるよ、上等だ、こんな研究室辞めてやる」と、大声で啖呵《たんか》を切ることができたらどれほどか気持ちが落ち着くことだろう。いや、今ならできるのではないか。やろうと思えば。ほんの小さな決断力と、勇気さえあれば。

――那智先生がいない、今なら……!!

「できるわけないか」

そう呟《つぶや》いて、内藤は再びディスプレー上の奇妙なメッセージに視線を投げかけた。

フィールドワークに出かけると電話を寄越した蓮丈那智から、連絡が途絶えてすでに十日余りが経つ。この異端の民俗学者が風にでも誘われたようにフィールドワークに出かけるのはいつものことであるし、その間の休講届を教務部に届け、狐目《きつねめ》の担当者から皮肉をいわれるのは、いうまでもなく内藤の役目である。すでに日常業務の範疇《はんちゅう》となりつつあるこうした一連の手続き、その後に決まって訪れる胃の痛みと常用の市販薬さえも、戦友のように思えてきた今日この頃ではあるが、さすがに十日余りの音信不通はただ事とは思えなかった。

「今ならまだ、学生たちにはレポートの提出を課すことでカリキュラムをこなすことは可能だが……それ以上になると教授会が動き出す。なにかと蓮丈先生は問題のある人物だからね。あまりに休講が長引くと、代替教員を用意しなければならなくなるかもしれない」

狐目の担当者が、皮肉だけではない口調で告げたのが今朝のことだ。

そこへ、突然舞い込んだのが、例のメールである。

「灰皿を片づけろ……か」

興奮と逆上の潮が退《ひ》いた後に、漠然とした不安が残った。

蓮丈那智という民俗学者は、理不尽の固まりのようで、その実彼女の理不尽は常に明確な理論の裏付けを有している。ただ、その実践法及び方法論の面において、他人の事情や環境整備の問題を全く考慮しないという点に、問題があるのみだ。全く意味の通らないことを口にしたり、それをメッセージとして伝えるような人物ではない。彼女が「灰皿を片づけておけ」といい、現実に灰皿がないとするなら、そこにはなんらかの別の意味が存在していなければならない。

「内藤君」

那智ではあり得ない男の声で、名前を呼ばれた。振り返らなくとも、それが狐目の声であることはすぐに判った。

「ちょうどよかった。実は先生からメールが入っているんです」

「なんだ……心配するほどのことじゃなかったのだね。まったく、蓮丈先生は自由奔放が過ぎるというか、勝手気ままというか」

「まっ、待ってください。それが、そう安心できるものではないんですよ」

「彼女からメッセージが入っていたのだろう」

言葉の裏側に、どこにいるんだ、そしていつ帰ってくるつもりなんだと、問い詰める気配がありありと見て取れる。が、内藤は解答をもってはいない。「それが、全く意味不明で」と力無く告げるしかなかった。

休止させておいたコンピュータを再び立ち上げ、画面上のメッセージを見せると、狐目が「ウム」と呟いたまま動かなくなった。胸のところで組んだ腕の上で、人差し指のみが震えるような神経質な動きをしている。

「……灰皿……か」

この研究室では煙草を吸う習慣がないことを告げると、狐目の表情が一層険しくなった。引き結ばれた唇の奥で、歯の軋《きし》む乾いた音が二度、三度と聞こえた。

「どうして、彼女はこんなメッセージを送りつけたのだろう」

「それもあるのですが、ぼくにはもう一つ気になることがあるんです」

「というと」

メッセージに隠された内容はともかくとして、さらに論理を押し進めるなら、現在那智は、伝えるべきメッセージをダイレクトに送ることのできない状況にあるということではないのか。

「だから、こんな暗号めいた文章を使って？」

「ぼくの考えすぎでしょうか」

そういうと、狐目は再び黙り込んだ。堅く瞑《つぶ》ったままの双眼が、ややあった後に見開かれると、

「彼女の傍にいるだけあって、なかなかに鋭い洞察力だ。もっともあの蓮丈先生が、ただ凡庸なだけの助手を手元に置くはずもないか」

硬い表情のまま、狐目が決然といった。

「なにをいっているんですか。そんなジョークをいっている場合ではないでしょう」

「ジョーク？　わたしはジョークなど大嫌いだ。少なくとも蓮丈先生も、同じ思いでいるはずだ。内藤君、君ならこのメッセージに込められた意味を、必ず解き明かしてくれると信じているに違いない」

「そんなことをいわれたって、ですねえ」

「考えるんだ！　簡単に諦《あきら》めるな。選択肢は無限かもしれないが、そう見えるだけに過ぎない。真実へと至る路筋《みちすじ》は、いくつもないはずだ。そこからさらに絞り込んだところに、蓮丈先生が示唆し、我々が求める場所がある」

狐目が、教務部の担当者ではない口調でいった。那智の話に拠《よ》れば、彼は「この学

界の重鎮であったさる教授の愛弟子《まなでし》、また後継者と目されていた」ことがあったそうだ。無論、内藤はその当時の狐目を知らない。彼が残した研究の成果を目にしたこともない。けれども、今こうして耳に届くその言葉には、那智を思わせる厳しさが滲《にじ》んでいる。「はっ、はい」と背筋を伸ばして、内藤は応《こた》えていた。

「本当に研究室に灰皿はないのだね」

「そのはずで……」

一つの記憶が、脳内に弾《はじ》けた。

「いや、あります。先月、学生が帰省のおみやげだといって」

那智への思慕とも邪《よこしま》な下心ともとれる薄笑いを浮かべ、研究室に掌《てのひら》大の包みを持ってやってきた色白の男子学生の顔を、内藤は思いだした。ありがとうといいながら、中身をちらりと見るなり紙の包みをデスクの隅に放った那智と、学生の情けなさそうな表情とがオーバーラップした。彼が帰った後、「今時みやげに灰皿とはね。これで底に『友情』とでもレリーフされていたら、それこそ骨董《こっとう》価値がつくかもしれない」と、たしかに那智はいったはずである。

「あの包みはえっと……どこへやったかな。人にあげた記憶はないから」

そういいながらデスクの周辺、夥《おびただ》しい資料が山積みになった資料棚のあちこちを、内藤は探し回った。

「他に、心当たりはないのだね」

「ええ。灰皿といえば、あれだけのはずです」

一緒になって探しはじめた狐目の口から「資料をもう少し整理しないと」「こりゃあ、図書館への返却図書じゃないか、しかも一年前の!」といった、呟きとも非難ともとれる言葉に責めさいなまれながら、内藤は那智の専用キャビネットのなかに、目的のものを見つけだした。

「それか!」

包みを解く手間ももどかしく、灰皿を取り出す内藤の背後から、たぶん同じ気持ちでいる狐目の苛立《いらだ》つ声が掛かった。

灰皿は笠間《かさま》焼きの、それこそどこの土産物屋にもありそうな品物だった。焼き物に造詣《ぞうけい》の全くない内藤にも、趣味の悪さがはっきりと見て取れる。こんなもので那智の気を引こうとした学生の愚かさはともかくとして、那智がこのちんけな灰皿になにを託そうとしていたのか。

「なにか、手紙でも隠されているのじゃないかね」

狐目の言葉に、内藤は首を横に振った。

「それほど単純なことではないと思います」

仮に那智が、何者かの監視を受けているとする。メールは持っている携帯電話から送ったものにちがいない。監視者の目を盗みながらとはいえ、それが発覚する可能性は十分にある。那智ほどの人間がそのことを考えないはずがない。直接灰皿にメールの意味を隠すような真似をするとは思えなかった。

「第一……非常事態を想定しながら、のこのこ出かけるほど先生は愚かな人ではない。たぶん、今回のことは不慮の出来事だったのではないでしょうか」

「となると、この灰皿は」

「たぶんキーワードは」

そういって内藤は灰皿の底を指さした。

『友情』という文字こそレリーフされていなかったが、底には《巴文《ともえ》》が大きく浮き彫りにされていた。

「巴文か。これがいったいなんだというんだ」

その疑問に、内藤は応えることができなかった。だが、なにひとつ思い当たるものがないわけではなかった。記憶のどこかに、小さな影のようなものがある。そこに向かって意識を集中させると、影は徐々に色を濃くし、そして形をはっきりとさせはじめた。

「巴文は……一説には二つの曲玉《まがたま》を組み合わせたものだといわれているね」

狐目の言葉をきっかけにして、内藤ははっきりと影の正体を知った。

立ち上がって、コンピュータデスクへと向かった。

「どうしたんだい、内藤君」

「そうです、巴文……いえ、曲玉なんです。たしか先生のファイルに」

コンピュータを立ち上げ、マウスを操作して那智がハードディスクに保存しているいくつかのファイルを開いてみた。

いったいどのような思考方法をしているのか、一度頭脳のなかを覗《のぞ》いてみたいと周囲に思わせることがしばしばある蓮丈那智だが、彼女のファイルの中身を一目見ただけで、ほとんどの人間がその気を失うことだろう。要するに言葉と情報の断片が無造作に保存されていて、見事なまでの混沌《こんとん》、無秩序、未整理、順不同……と思いつく限りの言葉を並べてなお、いい足りないほどの惨状が、そこにはある。そのファイルの中身をある種の統制力をもって検索することができるのは、本人と内藤以外には、いない。かつては民俗学の優秀なる研究者であったであろう狐目にしたところで、画面に散在する情報をただ眺めるのが精一杯のようだ。僅《わず》かな優越感と同時に、一つの疑問が浮かんだ。那智の失踪《しっそう》とは無関係な、けれど狐目にどうしても聞いておきたい疑問だった。画面の情報をスクロールさせながら、可能な限り平静を装って、

「どうして、民俗学から離れてしまったんですか」

内藤は、聞いてみた。背後でひゅっと息を呑《の》む音が聞こえたようだが、あるいは空

耳であったのかもしれない。しばらくの沈黙の後、

「……民俗学という学問体系そのものが、すでに死に向かっていると思えたんだよ」

「死に向かっている学問ですか」

「いくら研究を重ねたところで、そこに答えはない。学問としての意味もない。柳田国男という巨人が作り上げた学問体系に、疑問を抱いた。あるいは……失望したのかもしれない」

「耳にいたい言葉ですね。ぼくも先生も、その意味のない研究に立ち向かっているということですか」

「あくまでも私見に過ぎないよ。蓮丈先生ならば『それがどうしたのですか』と、平然と吐き捨てることだろう。彼女はこの混沌の海のなかに光を当てようとする作業、民俗学研究に、第三者的な意味など考えてはいないはずだ」

「そうですね。研究をしたいからする。それがどのような評価を受けようが、あるいは学界から無視されようが、意に介さない人ですからね」

内藤は、画面上に一つのファイル名を見いだした。「これです」と、マウスをクリックし、中身を呼び出すと、狐目の口から「おっ」と声があがった。

『巴文の原点は《潮満瓊《しおみちのたま》》・《潮涸瓊《しおひのたま》》にあるのではないか』

ただ一行の文章だが、《潮満瓊》《潮涸瓊》という二つの単語が赤色に反転しているのは、次のファイルにジャンプできるということを示している。那智のファイルを定期的に整理し、こうして可能な限りの体系をもたせるのも、内藤の重要な仕事の一つである。

兄火闌降命《あにほのすそりのみこと》、自《おの》づからに海幸《うみさち》 幸、此《これ》をば左知《さち》と云《い》ふ。有《ま》します。弟彦火火出見尊《おとひこほほでみのみこと》、自づからに山幸《やまさち》有します。始《はじ》め兄弟二人《あにおとふたはしら》、相謂《かたら》ひて曰《のたま》はく、「試《こころみ》に易幸《さちがへ》せむ」とのたまひて、遂《つひ》に相易《あひか》ふ。各《おのおの》 其《そ》の利《さち》を得ず。兄悔いて、乃《すなは》ち弟《おとと》の弓箭《ゆみや》を還《かへ》して、己《おの》が釣鉤《ち》を乞《こ》ふ。弟《おとのみこと》、時に既に兄の鉤《ち》を失ひて、訪覓《とぶらひま》ぐに由無《よしな》し。故《かれ》、別《こと》に新《にひ》しき鉤を作りて兄に与ふ。兄受《う》け肯《か》へにして、其の故《もと》の鉤を責《はた》る。弟患《うれ》へて、即《すなは》ち其の横刀《たち》を以《も》て、新しき鉤を鍛作《かた》して、一箕《ひとみ》に盛りて与ふ。兄忿《いか》りて曰《い》はく、「我が故《もと》の鉤に非《あら》ずは、多《さは》にありと雖《いふと》も取《と》らじ」といひて、益《ますます》 復急《またせ》め責る。（中略）海神《わたつみ》乃ち彦火火出見尊を延《ひ》きて、従容《おもぶる》に語《まう》して曰《まう》さく、「天孫若《も》し郷《くに》に還らむと欲《おもほ》さば、吾当《われまさ》に送り奉《まつ》るべし」とまうす。便《すなは》ち得たる所の釣鉤《ちい》を授《たてまつ》りて、因《よ》りて誨《をし》へまつりて曰さく、「此《こ》の鉤を以て 汝《いましみこと》 の 兄《このかみ》に与へたまはむ時には、陰《ひそか》に此の鉤を呼《い》ひて、『貧鉤《まぢち》』と曰《のたま》ひて、然《しかう》して後に与へたまへ」とまうす。復《また》潮満瓊及《およ》び潮涸瓊を授《たてまつ》りて、誨へまつりて曰さく、「潮満瓊を漬《つ》けば、潮《しほ》忽《たちまち》に満《み》たむ。此を以て汝の兄を没溺《おぼほ》せ。若《も》し兄悔いて祈《の》まば、還りて潮涸瓊を漬けば、潮自づからに涸《ひ》む。此を以て救ひたまへ……」

「これはなにかね、内藤君」

「日本書紀の一部のようですね。それをそのままスキャナで画面上に取り込んであるようです。『兄火闌降命《あにほのすそりのみこと》、自《おの》づからに海幸有《ま》します。弟彦火火出見尊《おとひこほほでみのみこと》、自づからに山幸有《ま》します。始め兄弟二人《あにおとふたはしら》、相謂《かたら》ひて曰《のたま》はく……』。これは有名な海幸彦、山幸彦の伝説ですね」

「海の幸を統治する海幸彦と、山の幸を統治する山幸彦が互いの立場と獲物を交換する話だったね」

「山幸彦は兄の釣り針を持って海にいきますが、そこで針をなくしてしまう」

自らの剣を潰《つぶ》し、千本の針を作って返そうとするが、兄はその申し出を受け入れず、どうしても自分の針を返せといい張るのである。悲嘆にくれた山幸彦は、浜辺で不思議な老人と出会う。その霊力によって海神《かいじん》の宮殿へと赴いた山幸彦は、そこで海神の娘である豊玉姫《とよたまひめ》を娶《めと》り、無事に針を得て陸上へと帰る。その時に海神がみやげに持たせたのが《潮満瓊《しおみちのたま》》《潮涸瓊《しおひのたま》》という、二つの珠《たま》である。海の水を自在に操る二つの珠によって、弟は兄を下し、地上を平定するのである。

「学問上の記号でこれを解釈するなら、山の民と海の民との争いということになるのだろうね」

内藤は狐目《きつねめ》の言葉に頷《うなず》きながらも、別のことを考えていた。

「どうしたんだね」

「この最後の一行が気になるんです」

スキャナで取り込んだ画像の下に、これは那智本人が書き込んだと思われる文章が入っている。

『海神の宮殿とは、いずこにぞ。そこにすべての鍵《かぎ》がある。そして如意珠《にょいのたま》とはなにを象徴するものであるか』

資料の最後を、那智はこう締めくくっている。

「如意珠というのは?」

「ああ、潮満瓊《しおみちのたま》・潮涸瓊《しおひのたま》、別名を満珠《まんじゅ》・干珠《かんじゅ》ともいうのですが、そのもう一つの名称です。この二つの珠は、ええっと」

内藤はコンピュータの検索機能を使って、日本書紀の別の部分を取りだした。

「二つの珠が再び登場するのは同じ日本書紀でいうと……仲哀紀《ちゅうあい》ですね。三韓征伐で知られる仲哀天皇のお后《きさき》、後の神功《じんぐう》皇后が豊浦の国、今の山口県下関市《しものせきし》ですが、そこで海神中から珠を得たとあります。これが如意珠。呼んで字の如《ごと》く、海の水を意のままに操る珠です」

　その力を使って新羅《しらぎ》の兵を退けた日本軍は、無事三韓を平定したと書いてある日本書紀が那智の資料のなかにあった。後に皇后が珠を海に返すと、珠は二つの島になったという伝説が下関に残されており、今も島は《満珠・干珠》の名前で呼ばれている。

「三韓征伐したというが、あくまでも伝説だろう」

「でしょうねえ。当時の国情を考えても、日本を文化、軍事、技術のあらゆる面で凌《しの》いでいた朝鮮半島の三国を、簡単に平定できたとは思えません。しかし、なんらかのトラブルがあったのかもしれません」

「あるいは、いつかは三韓を凌ぐほどの大国になりたいという、願望か」

「たとえ、神の力を使ってでも……ね」

　そういいながら内藤は、ファイルのデータをCD－Rにコピーした。さらに一枚コピーして、ハードディスク内のデータはすべて消去した。「灰皿を片づけておいて」というメッセージは、このデータを隠しておけという意味ではないのか。そう考えたからだ。コピーを一枚差し出すと、狐目が頷きながら、それを上着のポケットに忍ばせた。

　あとは那智からの連絡を待つ以外にない。

　だが、現実は内藤の思惑を遥《はる》かに凌ぐ地点に跳躍《ちょうやく》し、そして予想もつかないところへと転がりだした。

蓮丈那智が、埼玉県内の某所で、自身が所有する自動車のなかで意識不明のまま発見されたのは二日後のことだった。

ただし一人ではない。

死後まる二十四時間が経過した男性の遺体が、彼女の車の助手席に同乗していた。

2

「いったいなにが起きたのですか」

病室を見舞った内藤が発したあまりに平凡かつ、ストレートな質問に、那智からの回答はなかった。病室内禁煙もへったくれもないといったふうでメンソールの煙草《たばこ》を燻《くゆ》らせる、その端整な横顔が「それを知りたいのはわたしのほうだ」と、無言のうちに告げている。

たっぷりと三時間かけてひと箱分の煙草を灰にした後に、那智の唇が、

「やられたよ、ミクニ。ものの見事に引っかけられてしまった」

ゆっくりと言葉を絞り出した。

那智の車に同乗していた遺体は、福永昭彦《ふくながあきひこ》・四十二歳。在野の研究者で、三週間ほど前に手紙を寄越したという。

「覚えているかな。わたしが三ヶ月ほど前に書いた論文を」

「ああ、八咫鏡《やたのかがみ》に関する考察でしたね」

《八咫鏡》は、《草薙剣《くさなぎのつるぎ》（天叢雲剣《あめのむらくものつるぎ》）》《八坂瓊曲玉《やさかにのまがたま》》と並ぶ三種の神器の一つである。

　皇位継承の証《あかし》とされる三種の神器は、その成立からして謎の多い器物である。出所が明らかなのは、素戔嗚尊《すさのおのみこと》が出雲で八岐大蛇《やまたのおろち》を退治した折、その尾より出現したとされる草薙剣のみで、八咫鏡は天照大神《あまてらすおおみかみ》の天の岩戸隠れの折に作られたとも、瓊瓊杵《ににぎの》尊《みこと》の地上降臨の折、天照大神が「我が身と思え」と申し渡したものだともいわれている。

　また、天皇家の万世一系伝説に影響を受けているためか、その神秘性もまた、研究の妨げとなっていることは否めない。

「だが、我々は神秘性などという幻想に惑わされてはいけない」

「時に天皇問題という、政治色が絡んできますからね。多くの学者はなるべくこの話題に触れないようにしていますよね」

「そうしたことへの警鐘もあって、あの論文を書いたんだ」

「本当ですか？　政治色なんて屁《へ》とも思っていないくせに」

それには応《こた》えずに、那智が「福永氏は、例の論文を読んで、その感想を述べてきた」と、低い声でいった。

たとえ万世一系が真実であったとしても、今に残る三種の神器が神代《かみよ》の時代から綿々と受け継がれた秘宝であると信じるものは、少なくとも学者のなかにはいない。皇室内の出来事を綴《つづ》ったとされる《皇朝史略《こうちょうしりゃく》》によれば、八咫鏡はこれまで三度の大火にあって、その形状をおおいに損なったとある。この事実一つを取ってみても、八咫鏡は歴史のなかで何度か作り直されたことが判る。

さらに考証するならば、《平家物語》には山口県下関で滅んだとされる平家一門、その最上位でもある安徳天皇《あんとくてんのう》が入水《じゅすい》の折に、三種の神器を道連れにしたとちゃんと記述されている。また、現在も伊勢神宮に奉納されているご神体は八咫鏡であるとされているし、熱田神宮のご神体は草薙剣であるとされている。では、今も皇居に安置されているはずの三種の神器はレプリカなのか。

『そのようなことを議論する必要はない。三種の神器とは思想であり、あるいは技術のことでもある。現実の器物はこうした思想や技術を使用することを許可したいわゆる免許証のようなものであり、即《すなわ》ち免許証ならばそれをなくしても再発行すればよいということになる』

というのが、那智が論文のなかで構築した仮説であった。その一つの例として八咫鏡を取り上げたのである。

そもそも鏡は、神器のなかでも特に神秘性を強くもった器物である。

「鏡に映った世界は、決して現実ではない。そう思わないか、ミクニ」

「そうですね、そこに映しだされた映像が、左右逆転であるという時点において、すでに現実と異なっていますからね」

「その通り。鏡とは異界との接点でもある。異界即ち、後に《トコヨ》と呼ばれ、あるいは《ニライ・カナイ》と呼ばれる神の住処《すみか》だ。古代日本において、覇者は同時に優れたシャーマンでなければならなかった」

「神の声を聞き、それを民衆に伝えて、神の国を規範とした国家を作り上げることを目的としているのですね」

それこそが、《魏志倭人伝《ぎしわじんでん》》に「女王・卑弥呼《ひみこ》が使って民衆をよく惑わした」と伝えられる《鬼道《きどう》》ではないか。そしてその時に使用された祭祀《さいし》用具が鏡であり、その大きさを畏怖《いふ》する意味で八咫鏡《やたのかがみ》と名づけられたのではないか。ちなみに八咫鏡の「八咫」とは、長さを表わす言葉で、現在の寸法で約百九十センチともいわれる。むろん直径ではない。当時それほどの鏡を製造する技術などあろうはずはなく、この場合、八咫鏡とは円周百九十センチの鏡のことであり、転じて相当の大きさをもった鏡との意味があるとされている。

天皇家の継承物を、「運転免許証云々《うんぬん》」に喩《たと》えて平然としていられるところにこそ、異端の民俗学者の異端たる所以《ゆえん》がある。そうしたことにまるで無頓着《むとんちゃく》だからこそ、かえって奔放な発想が生まれるとも、いえるのだが。

「福永氏は、どのようにいってきたのですか」

「自分も同じことを考えていた、と。その上で彼は、草薙剣《くさなぎのつるぎ》について、次のような考察を試みていた」

長い手紙のなかで福永昭彦は、「草薙剣こそは、製鉄技術そのものをさしている」との仮説を立てたという。

「八岐大蛇《やまたのおろち》伝説についての考察にはどのようなものがある？」

「もちろん基本的なことは押さえているつもりですが……毎年決まったころに発生する水害のことを指しており、それを退治するということは、即ち治水工事を意味しているというのが、一般的な考察ではなかったでしょうか」

「だが、福永氏は、八岐大蛇は踏鞴《たたら》製鉄をさしていると考えたようだ」

「……踏鞴製鉄！」

蓮丈那智の研究室に入って以来、いくつもの事件に遭遇してきた内藤だが、いまだに「踏鞴製鉄」という言葉には幾分かの感慨、もしくはトラウマめいたものを覚えずにはいられない。古代において、製鉄技術はいくつもの背景を備えている。その解釈は様々で、だからこそ非常に興味深いテーマではあるが、その話題になるとどうしても腰が引けてしまう。

「山の斜面を伝うどろどろに溶けた銑鉄《せんてつ》、そのイメージと真っ赤に裂けた口をもち、赤い目を光らせる八岐大蛇のイメージを重ねてごらん」

「たしかに、ぴったりと合致しますね」

しかも、大蛇《だいじゃ》の尾から取り出されたのは草薙剣である。

「古事記では、この剣は《都牟刈《つむがり》の太刀《たち》》の名称で登場する。全く意味不明の言葉だが、江戸時代の本居宣長《もとおりのりなが》は直感的に『これ刃物を鋭く切る』という意味の言葉であろうといっている」

「まさしく、青銅剣に対する鉄剣のストレートな表現・解釈ですね」

「うん。実のところ、わたしもほぼ同じことを考えていたんだ。つまり、三種の神器における剣とは人民を制圧するための武力であると」

「鏡は、人心を掌握するための呪術《じゅじゅつ》を象徴している、と」

「だが、この仮説には大きな欠点が存在する」

「なるほど。八坂瓊曲玉《やさかにのまがたま》の解釈……ですか」

曲玉（勾玉《まがたま》）は、考古学的解釈をする限りにおいて、三種の神器のなかでももっとも登場が古いとされる。ということは、極めてアニミズムの要素が強いといえる。ただしその意義については極めて曖昧《あいまい》で、諸説が入り交じっているのが現状だ。その形状から「胎児を示す。つまりは生命そのものを意味している」という説があるかと思えば、「古事記に見える、伊弉諾尊《いざなぎのみこと》・伊弉冉尊《いざなみのみこと》の最初の子供、悲劇の子として水に流された《ヒルコ》を表わしている」という説もある。

「けれど先生は全く違う仮説を立てた、というわけですか」

内藤は、那智の指示でハードディスクから削除したデータのことを思い出した。

「そうだ。わたしと福永氏は、日本書紀の神代紀に見える潮満瓊《しおみちのたま》・潮涸瓊《しおひのたま》こそが、八坂瓊曲玉であると、推論を立てたんだ」

「だからこそ、巴文《ともえ》は例の二つの珠《たま》を指しているというメモを残しておいたのですか」

「うん。潮満瓊・潮涸瓊という二つの珠の概念が、二つの曲玉という発想に転化し、その記憶が巴文という図案を作り出したのでは、とね」

「でも、どうして」

「それは……」

那智の言葉が、そこで止まった。自らのこめかみをこつこつと打ちながら、頭のなかにあるデータを整理しているようにも、あるいは、なにか別の意図があって言葉を止めたようにも見える。

「わたしも、ぜひお話の続きを伺いたいものですね」

ノックもなしに病室のドアが唐突に開けられ、小柄な男が現われた。

「ちょっと、ここは……」

内藤がクレームを口にしたが、男はまるで歯牙《しが》にもかけない様子で那智のベッドに近づき、「埼玉県警の佐久間《さくま》です」と、通りのよい声でいった。小柄ではあるが、その身体《からだ》にはみっしりと筋肉の鎧《よろい》を着ていることが、背広の上からも容易に推察できる。傍にいるだけで、相手に威圧感を与えることのできる佐久間という警察官が、那智の見舞いにきたわけではないことだけは、内藤にもよくわかった。

「すみません。あまりに興味深いお話ですので、先程から病室の外で立ち聞きをさせていただきました」

丁寧だが、相手の心理状態を揺さぶるのに十分に有効な口調で、佐久間がいった。その頬に貼りついたままの笑みがまた、不気味な迫力を演出しているようだ。が、

「刑事さんが、民俗学に興味を？　それはまた結構な趣味ですね」

那智がひどく素っ気ない口調で問い返し、その硬質な視線を向けると、佐久間の表情に微《かす》かな戸惑いが浮かんだ。

恐怖を演出して相手の内懐《うちぶところ》に入り込むというのが、佐久間の常套手段《じょうとうしゅだん》のようだが、その手法を用いるには相手の精神構造の強度を正確に把握する必要がある。

――鋼鉄《はがね》、いや、金剛石の硬度をもつこの異端の民俗学者にそんなやり方が通用するはずもないのに。

内藤は嘲笑《ちょうしょう》とともに、微かな憐憫《れんびん》の情を覚えた。

表情を引き締めた佐久間が、声質まで硬くして、

「先ほどのお話では、先生と被害者の福永氏は、そのなんといいましたか……ええっと、なんとかの曲玉ですか」

「八坂瓊曲玉《やさかにのまがたま》。三種の神器の一つです」

「そう。その珠について、同じ意見であったということですね」

「正確には同じではない。類似する点がいくつかあることはたしかだが」

その言葉に満足そうに大きく頷《うなず》き、そして先ほどの笑顔をいつの間に取り戻したのか、悪意のこもった甘い口調とともに、佐久間がいった。

「やはり、じっくりとお話を伺ったほうがよいようですなあ」

「なぜ?」

「福永氏の司法解剖結果がでました。死因は柔らかい布状の凶器による絞殺。死亡推定時刻は、発見された日時を起点に考えて約二十四時間前です」

その言葉を遮るように、

「専門家ではないわたしには、不用の説明です。それよりも、他のメンバーはどうな

ったのですか」

那智がいった。

「他のメンバーってどういうことですか、那智先生」

内藤の疑問を無視するかのように、

「奥津城要《おくつきかなめ》、間島聡《まじまさとし》、東山敏一《ひがしやまとしかず》……この三人の消息はどうなったのですか。現在の居場所を確認してほしいと、お願いしておいたはずだが」

那智が口にした三人は、いずれも学界でよく名の知られている研究者である。

奥津城要は三十代ながら国立の研究機関で主任研究員を務める女性考古学者。その美貌《びぼう》は、蓮丈那智とともに、学界の生臭い親父学者たちの欲望の的となっているとか、いないとか。ことに古墳の埋蔵品に関する斬新極まりない考察は、日本民族のルーツを探る上で新たな展開をみせたともいわれ、学界の重鎮も注目している。

間島聡は、言語民俗学者である。地方の方言の成立過程からその変遷を辿《たど》ることで地方史の別の一面をあぶり出す、独特の手法が注目されている。また、数年前には公共放送の番組でパーソナリティーを務めていたこともあって、知名度は三人のなかでも群を抜いている。

東山敏一は、古文書《こもんじょ》学の研究者だ。かつてはある私立大学の教授であったが、定年に伴う退職後は、自らの研究の傍らにエッセイ集を出版、それが評判になって、今でも数誌に連載をもっているという。いかにも好々爺《こうこうや》といった風貌《ふうぼう》のためか、テレビ番組に出演することも多いが、その研究姿勢は峻烈《しゅんれつ》かつ厳密であることで知られている。在職当時、さる宗教系大学の図書館に保存されていた中世期の資料を、「後世の偽書」と告発して、裁判沙汰《ざた》になったこともある。

そうしたことを思い出しながら、内藤は二人の会話に耳を傾けた。

「たしかに、皆さん自宅に帰っておいでです」

「間違いありませんか。皆、何事もなく、無事に帰宅しているのですか」

「いや……それが実は」

「なにかあったのですね。もしかしたら、わたしと同じように薬品で眠らされて」

再び佐久間の表情が険しくなった。口をへの字に結んでしばらく考えた後、

「その通りです。お三方とも薬で眠らされ、ある人物は公園のベンチに放置されていました。またある方は自宅マンションの前で眠り込んでいるところを、隣人に発見されています。幸いなことに、泥酔と間違われたおかげで大騒ぎにならなかったそうですが。我々はそのような証言を得ています」

幸い、という言い回しが、ひどく滑稽《こっけい》に聞こえた。

どうやら那智を含めた五人はどこかに集められ、そしてそこで薬で眠らされた挙げ句に無責任な宅配便よろしく、それぞれの場所に放置されたらしい。

那智だけは、福永昭彦の遺体を押しつけられて。

「しかし、皆が口を揃えているのですよ。どうしてこんなことに巻き込まれたのか、よくわからないと」

佐久間は、幾分憤慨した調子でいった。あるいは、事件を公にしたくない研究者たちが、口裏を合わせているのではと、勘ぐっているのかもしれない。

「けれど、蓮丈先生は、きちんと説明をしてくれるでしょうな。そうでなければ」

言葉の裏に、「任意で出頭してもらっても構わない」という声が隠れていることが、痛いほど理解できた。そうしたことが簡単に理解できる自分を、内藤は恨めしく思った。

――先生はトラブルメーカーだからなあ、一応は民俗学の研究者なのに。

これも仕方ないと、諦《あきら》める自分もまた恨めしかった。

「そういわれても……わたしにも状況が読めないのですよ」

「そんなことはないでしょう。福永氏の遺体は、先生の車の助手席にあったのです」

「まさしく。だが、いったいだれが、そんなことを」

佐久間が、不意に黙り込んだまま、那智の目の奥にあるものを読みとろうとするかのように凝視した。ややあって、

「他の何者でもない、先生が福永氏の生涯にピリオドを打たれたのではありませんか」

「そんなことをしてなんになる」

「動機はあとで、ゆっくりと調べればよいことでして」

「では、なにを根拠に？」

「実はですね。司法解剖で実に興味深いものが、胃のなかから発見されました」

そういって、佐久間がポケットからビニールの整理用袋を取りだした。

「これ……お判りですよね」

巴文《ともえ》を構成する二つのパーツの片割れがそこにあった。

「もちろん、判らないはずがない。それは、曲玉《まがたま》ですね」

それでも那智の声には、なんの変化も見られなかった。

3

奥津城要ら三人の研究者を集めて、互いの研究の報告会のようなものを開いてみたい。ついてはあなたも参加していただけないだろうか。

そう提案したのは福永昭彦だったという。

学界には様々な拘束が存在し、それが研究者同士の交流を妨げる結果になることが間々ある。在野の研究家である自分が主催し、あくまでも個人的な集まりであれば、どこに気兼ねすることもないだろう。幸いなことに埼玉県の某所に、自分の所有する別荘がある。時間の許す限りそこに滞在して、互いの意見交換をしてはどうか。研究とは、本来そうした情報の交換によって、大きく飛躍する一面をもっている。考古学者が考古学界のみを生息地としていてはいけない。民俗学も古文書学もまた然《しか》りだ。

「わたしには、その提案が至極まともなものに思えてね」

新たな煙草《たばこ》に火をつけながら、那智が呟《つぶや》くようにいった。

「すると、他の三人の先生も」

「ああ、福永氏の提案に賛同した。というよりも、三人とも、現在の学界のやり方に疑問をもっていたんだ。異種交流の必要性を、それぞれ感じていたといってもいい」

「でも、それがどうしてこんなことに！」

「わたしにも判らない。ただ、険悪な空気はどこにもなかったはずだ。だって、当初は三日間の予定が、いつの間にか五日になり、十日ほどになったのだから」

那智と佐久間の会話を聞きながら、ふと内藤は海幸彦・山幸彦の伝説を思い出した。

「福永氏を含めて、五人の山幸彦ですか」

思わず口にした言葉を、佐久間は聞き逃さなかった。「なんですか」と、鋭い口調で問いかけるのへ、内藤は日本書紀に書かれた伝説の内容を説明した。

「なくした兄の釣り針を捜して海神の宮殿に出かけた山幸彦は、そこで大変な歓迎を受けるのです。時がたつのを忘れて遊び暮らした彼は、いつの間にか三年の月日が経っていることに気がつき、ようやく本来の目的を思い出したと、日本書紀にはあります」

「なるほど、そういうことですか」といったものの、佐久間が興味を失ったのはたしかなようだった。那智のほうへ向き直り、

「ですが、状況があまりに不自然ですね」

疑問というよりは疑惑を濃く滲《にじ》ませながら、いった。

「不自然とは？」

「当方の調べによれば、福永氏はご両親の遺産を相当額受け継ぎ、悠々自適の生活であったようです。ですから三日の予定が十日に延びても問題はありません。また、東山氏も定年退職をされた方ですから、同様に問題はない。けれど奥津城女史、間島氏、そして蓮丈先生はそれぞれに職業をもってらっしゃる。それほど自由な時間がとれるとは思えないのですが」

「ああ、そのことですか」

研究者とは、実のところ時間をもっとも自由にとりやすい人種である。奥津城女史にせよ、間島氏にせよ、連絡さえきちんと取っておけば、問題はない。

「わたしの場合も」と、那智がこともなげにいった。

「優秀な助手が研究室を預かってくれていますから、さほど問題はない」

その言葉に、内藤はかっと血が上るのを感じた。それが怒り故《ゆえ》なのか、自分をそこまで信用してくれているという喜び故なのか、よく判らなかった。

「なるほど。皆さん、同じことをおっしゃいますね。研究職とは、そういうものなのですか」

「そう思っていただいて、結構です。ただ……そうした状況を除いても、あの十日余りは至福の時であったと、わたしは思う。研究者が、互いの面子《メンツ》や足かせをすべて捨て去り、思う様に仮説をクロスオーバーさせた交流ができた。それだけでも十分に価値があったと、わたしは断言したい」

「ですが、結果は一つの遺体を作り出してしまった」

なにか、互いの神経を逆なでするような論争はなかったのかという問いにも、那智は静かに首を横に振っただけであった。

「もちろん、論争はありました。けれど論争なしに学説の発展はあり得ない。また、論争を拒むものに、研究者を名乗る資格はない」

「その意味では、皆さん、十分すぎるほどの資格をもっていたと」

「少なくとも、わたしにはそう見えた」

「だとすると……」

佐久間が、膝《ひざ》の上に置いたビニールの袋を再び取り上げた。

「わたしどもは、この曲玉が被害者の胃のなかから発見されたことに、非常に大きな関心を抱いております。どうして、こんなものを被害者は呑《の》み込んだのか」

「なるほど、そういうことですか」

那智が、片側の頬を引きつらせるように笑った。それはそれで凄艶《せいえん》な美といえなくもないが、内藤はなぜだか背筋に冷たく粟立《あわだ》つものを感じた。

「先生……そういうこととは、その、どういうことなのですか」

内藤の質問に、那智の唇がゆっくりと動いた。「ミクニ」といわれただけで、背筋の感覚がますます強くなっていった。

「この曲玉は、非常に大きな意味をもっているのですよ。そうでしょう、蓮丈先生」

佐久間が、勝者の声でいった。

「潮満瓊《しおみちのたま》・潮涸瓊《しおひのたま》という二つの珠《たま》が、三種の神器の一つでもある八《や》坂瓊曲玉《さかにのまがたま》のことだと、わたしも福永氏も考えた。そうして、二つの珠に関する記憶は、やがて二つの曲玉によって構成される巴《ともえ》文を生み出す」

那智の唇が、恐ろしい結論を導き出そうとしていることに、内藤はようやく気がついた。

「先生！」

「この刑事さんは、こう考えているんだ。福永氏は殺害される直前に、曲玉を呑み込んだ。殺害者のことをだれかに伝えるために、ね。嚥下《えんか》したのは、口に含んだだけでは、あとから取り出される恐れがあるためだ。そしてその人物は、曲玉に関係している、と」

「つまりそれは……！」

「福永氏の胃のなかから発見された曲玉は、わたしが犯人であるというダイイング・メッセージではないか」

病室に三人分の呼吸音のみが静かに響き、その重苦しさが頂点に達したときに、「先生。それは自白と考えてよろしいのでしょうか」

佐久間が、ゆっくりといった。

内藤は、己の無能さ、愚《おろ》かさを呪った。「そんなことがあるはずがない」という一言を、どうしても唇の外に吐き出すことのできない、精神の脆弱《ぜいじゃく》さを激しく憎悪した。

そうした内藤の煩悶《はんもん》、佐久間の確信や思惑といったものを、

「くだらない。実に安直でつまらない発想だ」

那智の一言が、小気味よいほどあっさりと突き崩してしまった。

ひどく粘着質な一言、世間一般でいうところの捨てぜりふに近い言葉を置きみやげ

にして、佐久間が帰った後、

「でも、どうしてメールであんなメッセージを送ってきたのですか」

内藤は那智にたずねてみた。

那智は、十日ほどのディスカッションを「十分に価値のあるもの」と、断言した。そのことと例のメッセージは、あまりに意図するものがかけ離れてはいないか。

すると、

「一度だけ……奇妙なことがあった。ちょうど福永氏が三種の神器について述べ、最後に珠のことに言及したときのことだった」

「なにがあったのですか」

「停電が起きたんだ。原因は大したことじゃなかった。停電といっても別荘のブレーカーが落ちただけのことだったのだが……そのわずか数分の停電の間、どうにも奇妙な気配を感じてね」

浅学なオカルティズムに対しては、容赦ない言葉の打擲《ちょうちゃく》を与える蓮丈那智の口から「奇妙な気配」などという言葉を聞かされること自体、尋常ではないといえる。一方で、その口からひとたび飛び出したすべての言葉には、真実の重みがあると思わせる不思議な力が宿っている。

「奇妙な気配というと」

「強いていうなら、殺気かな。あるいは激しい憎悪」

「参加者のだれかが、福永氏と先生に激しい憎悪を燃やしたと？」

「たしかに、そんな気がしたんだ。だが、殺気や気配などというものは、形状をもち得ない」

「だから、曖昧《あいまい》な形でメッセージを送ったというわけですか。でもそれは嘘です」

「どうしてそう思う」

「鋼鉄《はがね》の意志をもつ民俗学者には、とても似合わない。もしかしたら明らかに監視をされているような気配、あるいはその痕跡《こんせき》に気がつかれたのではありませんか」

那智が、途端に顔をベッドのシーツに押しつけ、くぐもった笑い声を上げはじめた。

「どうしたんですか」

「いや、すまない。すっかりと勘のよい探偵助手に育ってくれたものだと、ね」

「本来は、民俗学者の卵なんですがねえ」

「いやいや、優れた民俗学者はすべからく優秀な探偵でなければならない。その意味では、君も立派な有資格者だと思うよ」

「からかわないでください」

たしかに、それらしい痕跡があったのだと、那智が説明した。その日、散会してから那智がバスルームを使っている間に、部屋に侵入者の痕跡が残されていたという。

「鞄《かばん》の中身の配置が、わずかに違っていた」

「鞄というと、いつもの資料用バッグですね」

バッグには、日本書紀を初めとして、いくつかの資料のコピーがファイルに綴《と》じてしまってあったという。

「いったい、くせ者はなにを探していたのでしょうか」

「停電によって中断し、結局は最後まで福永氏が説明しきれなかった仮説の、残り部分じゃないかな」

「でも、だったらどうして先生のバッグを」

「福永氏がしきりと『蓮丈先生と共同の研究で』という言葉を繰り返していたからね。あくまでもわたしがメインの部分を握っていると思ったのではないだろうか」

相手が那智の研究室にあるコンピュータにハッキングをかけないという保証は、どこにもなかった。だからこそ、敢《あ》えて暗号めいたメッセージを送ったのだと、那智が説明した。

「もちろん、あの程度の符丁ならば、ミクニは絶対に解き明かしてくれると、信じていたからね」

珍しく褒《ほ》め言葉を連発する那智に、どのような表情で対応すればよいのか判らずに、仕方がないから内藤は無理をして仏頂面を作ることにした。

4

ここ一年余りの、奥津城ら三氏の研究内容について、詳しいことが知りたい。

那智の要請を受けて、内藤は翌日から図書館に籠《こ》もりっきりとなった。東敬大学の図書館は、一般学生用の閉架式図書館とは別に、研究者のみが利用できる、開架式の資料室が併設されている。そこには、各学部に関係する研究資料、特に他大学の研究機関が発表した資料が、数多く収蔵されている。

「ちょっと、いいかね」

積み上げた資料をめくり、必要な部分を抜き書きしているところへ、狐目《きつねめ》がやってきた。

「どうしたんですか」

「さっき、君がこの資料室にはいるのを見かけたものだから」

小会議用の部屋で話がしたいという狐目に、内藤は従った。そうせざるを得ない切迫した空気を、狐目は全身にまとっていた。

長椅子の片側に座るなり、

「まずい。非常にまずいことになってしまったんだ」

狐目が「まずい」といって内藤に相談をもちかけるのは、那智のことをおいて他にない。

「佐久間という、埼玉県警の刑事がたずねてこなかったかい」

「はい、那智先生が精密検査のために入院した病室に」

「やってきたか。あの男が今朝、大学にもやってきた」

「なんのために」

「蓮丈那智という助教授の人となり、あるいは学内における評価はどうかと。だが、それは表向きだ。文学部の学部長相手に、さんざんな内容の言葉を吹き込んでいった」

「つまりは、那智先生が今度の事件の犯人であると？」

狐目が、苦り切った表情で頷《うなず》いた。

「もちろん、あくまでも参考人としてですがと、馬鹿丁寧に念を押していったよ。あれじゃあまるで、彼女の逮捕が近いと宣言しているようなものだ」

「やってくれるなあ、あの木《こ》っ端《ぱ》刑事」

「軽口を叩《たた》いている場合か！　それでなくとも蓮丈先生の評判は……その、なんだ」

「教授会の一部で、甚だよろしくない、でしょう」

「いったいなにが」

「それが判っているなら」

「大丈夫だと思いますよ」

何気ない口調で、内藤は狐目に告げた。虚勢を張っているわけではなかった。

「ぼくが、ここでなにを調べていると思います」

「そりゃあ、研究に関することだろう」

「表向きは。でも、本当のところは事件の現場となったであろう福永氏の別荘、そこに集まったメンバーの研究内容を調査しているんです」

「どうして、そんなものを」

内藤は、肩をすくめて「知りません」と、剽《ひょう》げてみせた。そうするしかなかったのである。那智の頭にあるものを、推察できる能力を自分はもち合わせてはいない。ただ、彼女の命に従うことしか、今の自分にはできない。

「でも、ぼくは確信しています。先生の頭のなかにすでに答えはあるはずです。でなければ、こんなことを命令する人じゃない。先生の出した答えの裏付けを、ぼくが代行しているに過ぎないんです」

「それは、確信かね」

「そう考えていただいて、結構です」

しばらく考え込んだ後に、狐目がふっと溜息《ためいき》をもらした。

「なるほど。降りかかった火の粉が我が身を焦がすのを、手を拱《こまね》いて傍観しているような女性ではないか」

「そういうことです」

狐目が、小さく笑った。「まったく師匠が師匠なら、弟子も弟子だ」といったようだが、よく聞き取ることができなかった。

「どうして蓮丈先生が、殺人事件なんぞに巻き込まれる必要があったのだい」

「それは……」

内藤は言葉に詰まった。

那智の脳構造を知る能力をもち合わせてはいない、そう狐目には説明したが、まるで見当がつかないわけではなかった。那智はこう考えているはずだ。犯人は三種の神器、特に八坂瓊曲玉《やさかにのまがたま》を巡る那智と福永昭彦の仮説を、公の場で発表されては困る人物ではないのか。だからこそ福永氏を殺害し、その遺体を那智の車に同乗させたまま放置した。この世界で、スキャンダルは致命傷となりかねない。そうすることによって、那智とその仮説を葬り去ることが目的ではなかったのか。

そう説明すると、狐目の表情があからさまに険しくなった。

「本当に厭《いや》な世界ですよね。学問とはまったくかけ離れた悪意のベクトルが、学界という場所には存在している」

言い訳のように呟《つぶや》いた内藤の言葉に、

「知っているさ。いや、知りすぎている……くらいだよ」

激情を押し殺しながら語る狐目の言葉の裏に、かつて研究者であった彼が被《こうむ》ったかもしれない、悪意と絶望の源《みなもと》を見た気がした。民俗学を「死に向かっている学問」と表現した彼には、なにか別の過去が隠されているのか。

だが、今はそれを問うべき時ではない。

那智が探ろうとしているのは、事件の裏側にある動機である。三人の研究者のだれかがもっている動機を、この一年ほどの研究成果のなかから見つけ出すのが、内藤の使命といってよい。

「蓮丈先生の仮説というと、例のCD－Rにコピーした、あのファイルのことかね」

「ええ。天皇家の継承物である、三種の神器についての考察。ことに八坂瓊曲玉についての考察が深く関係しているはずだと、先生は考えているようです」

「といってもなあ。あれだけではなにがなにやら」

「福永氏の別荘では、もう少し突っ込んだ内容を披露したそうです」

コンピュータに残されていたファイルは、あくまでも仮説を立てる以前の材料に過ぎない。それを吟味した上で、那智らは、

「八坂瓊曲玉の原点は、潮満瓊《しおみちのたま》・潮涸瓊《しおひのたま》という二つの珠《たま》にあると仮説を立てたようで

す」

「なるほど、それで？」

「別名を満珠《まんじゅ》・干珠《かんじゅ》の名前で呼ばれる二つの珠の機能を考えてみてください」

「潮の満ち引き……というよりは海水を自由に操るということだね」

「そうです。時には地上を海水で覆《おお》うのも可能な珠です」

海水を単純に「水」と置き換えてみると、二つの珠の機能はより明確となる。

「治水事業か！」

「はい。草薙剣《くさなぎのつるぎ》が象徴する武力によって人民を平定させ、次は八咫鏡《やたのかがみ》が象徴する鬼道によって人心を掌握する。すると、国家統一という側面から考えて、次になすべきことはなんでしょうか」

「人民がこぞって参加し、それによってのみ達成される国家事業。しかもだれもが望むと思われる、治水事業だな」

「この三つの偉業を成し遂げることができる者こそが、国家の統治者の資格をもつのです」

「三種の神器をそう読み解いたか」

狐目の口から、またため息が漏れだした。まだ調べものがありますからと、内藤が背中を向けても、それを追いかける声は聞こえなかった。

その夜。待ち合わせのビア・バーに向かうと、那智はすでに到着していて彼女の前にはテイスティンググラスが置かれていた。

「珍しいですね。ビールでもマティーニオンザロックスでもないなんて」

「君の報告を聞くには相応《ふさわ》しいお酒だよ」

グラスの横に置かれたボトルには『リップ・ヴァン・ウィンクル』と書かれている。

「リップ・ヴァン……というと、たしかアメリカ版の浦島太郎ですね」

「あるいは、山幸彦」

カウンターのなかにいる店主に水割りを注文すると、タイミングを見計らったように、バターとガーリックの香りをあたりに振りまく一皿が内藤の前に、置かれた。

「食事、まだなのだろう」

続いて薄焼きのトーストがバスケットのなかで湯気を立てながら差し出されると、那智への報告義務という言葉が、きれいに頭から霧散した。白身魚のバターソテーとばかり思っていた逸品が、実は濃厚なウニソースで仕上げられたものだと気づいたのは、最後の一枚のトーストにソースを塗りたくり、胃のなかへと納めたあとのことだった。

「人心地ついたのなら、報告を聞こうか」

「すっ、すみません。思わず夢中になってしまって」

厨房《ちゅうぼう》の奥にいる店主に軽く黙礼すると、人懐《ひとなつ》こそうな笑顔が返ってきた。

「で、どうだった」

「はい、どんぴしゃです。先生の推理どおりでした。今回の事件の犯人は」

そういいながら、内藤はバッグからコピーの束を取りだした。

「間島聡……彼以外には考えられません」

那智がグラスの中身をスウィングさせると、バーボンとは思えない芳香がぱっと散った。

「間島聡か。それで、根拠は」

「彼が半年前に出した論文ですが」

コピーの束から、一部を取りだした。ページトップには、『忌《い》み言葉考』という文字が書かれている。一部とはいっても二十枚以上あるコピーを、驚くほどの速度で読み込み、那智は「なるほど」と内藤の顔を見ずにいった。

間島聡は、論文のなかでこう説いている。

忌み言葉が文献上に登場するのは、日本書紀・神代上《かみよ》と考察する。即《すなわ》ち、黄泉《よみ》の国へと伊弉冉尊《いざなみのみこと》を迎えにいった伊弉諾尊《いざなぎのみこと》は、そこで腐敗した我が妻の姿を見てしまう。恐れをなして逃げ出す伊弉諾尊と、それを追う伊弉冉尊。黄泉《よみ》の国と現世の境である黄泉津平坂《よもつひらさか》で、彼は菊理媛神《くくりひめのかみ》と遭遇する。その部分を日本書紀はこう記している。

『菊理媛神、亦白《またまう》す事有り。伊弉諾尊聞《きこ》しめして善《ほ》めたまふ。乃《すなは》ち散去《あら》けぬ』

ここで留意すべきは、菊理媛がなにをいったか、日本書紀はなにも書き残していないという点である。黄泉津平坂で、菊理媛は追われる伊弉諾尊へ、なにかを告げたのである。いったい彼女はなにを告げたのか。それは、追いつこうとする伊弉冉尊への忌み言葉、乃ち彼女を再び黄泉の国へと封印するための呪文《じゅもん》を伝えたのではなかったか。

このように、本来忌み言葉は文書の形で残されることのない言葉である。あくまでも口伝、それを文字の形で残せばそれだけで災いをもたらす言葉として、取り扱われたことは容易に推測できる。

「つまり彼は、本当の忌み言葉とは文書に残されるものではないといっているのですよ」

「ある意味で、言霊《ことだま》思想に合致する考え方だね」

「けれど、海幸彦・山幸彦伝説においては、ちゃんと忌み言葉が登場しています」

別説によれば、海神は潮満瓊《しおみちのたま》・潮涸瓊《しおひのたま》を渡しながら、山幸彦にこう告げるのだ。海幸彦に釣り針を返すときには、次の言葉を述べよ、と。

『貧鉤《まぢち》・滅鉤《ほろびち》・落薄鉤《おとろへち》』

これは紛れもない忌み言葉である。

「先生の考察が公にされると、彼の論説は全く意味をなさなくなる」

「だから福永氏を殺害し、わたしを事件に巻き込んだ……か」

「他には考えづらいのですよ。ええっと、東山氏は『日本書紀編纂《へんさん》の歴史に関する一考察』で、これは、日本書紀の写本についての論文です。田中本、前田本、宮内庁《くないちょう》本、それに……卜部《うらべ》兼方本、伊勢本、内閣文庫本といった各写本の、編纂年代を再考察するというものです」

内藤が説明する間にも、那智の視線はコピーの上を疾走し、立ち止まり、また駆けだすを繰り返している。僅《わず》かな間に、すべてのコピーに目を通したらしい。

「奥津城女史の論文は、『古墳草創期における日本工芸文化の成熟』か」

「ええ。古墳時代の草創期ということは、大和朝廷の草創期でもありますね。その当時すでに、日本の工芸文化は独自の発展を示していたという内容です」

いつの間にかなくなった那智のグラスの中身を、どうですかと問うこともなく、店主が注ぎ足した。振り返って内藤には、いかがですかと問う。これだけのことで、那智がいかにこの店を頻繁に利用しているかが、わかる。

「やはり……そうか」

那智が人差し指と中指にメンソール煙草《たばこ》を挟んだまま、残り三本の指でグラスを持ち、口に運んだ。

「他には考えられないでしょう。あと一つ、問題は、例の曲玉ですね。どうして福永氏はあんなものを吞《の》み込んだのでしょうか。あるいは間島を先生と間違えたとか……いや、それはあり得ないものなあ、いくらなんでも」

南方系成人男子を絵に描いたような間島の風貌《ふうぼう》と、那智のそれとをオーバーラップさせ、内藤は慌てて首を横に振った。

「まさか、あの一言が事件を引き起こすとは」

思いがけず、苦渋に満ちた那智の声を聞いて内藤は混乱した。

「あの一言って、ええっと、それは」

那智がグラスの中身を一気に飲み干し、立ち上がるのを、内藤は呆然《ぼうぜん》と見守るしかなかった。

5

「本日は、お招きありがとうございます」

「わざわざ、辺鄙《へんぴ》な場所にある大学までお越しいただき恐縮です」

「とんでもない。わたしもあの別荘でのディスカッションの続きをぜひやりたいと思っていたんですよ。ああ、あんなことさえなければねえ」

蓮丈研究室を訪れた来客がよどみなくしゃべるのを聞きながら、内藤はいまだ那智の真意を推し量りかねていた。

「蓮丈先生もご災難でした」

「トラブルは、いつものことです。あるいはなにかに魅入られているのかも」

「学界の老害教授たちが、先生の美貌に魅入られているという話は、よく耳にしますけれど」

そうしたやりとりがどれほど続いただろうか。

来客が言葉付きを変えて、

「で、今日はどのような用件でしょうか。なにか大切なお話があるというので、お邪魔したのですが」

「実は、例の事件について、伺いたいお話がいくつか。というよりは、ほんの確認事項に過ぎませんが。決してお時間は取らせませんよ」

「もちろん、わたしでお役に立てるのであればなんなりと。けれどあの別荘で見聞きしたことはすべて、警察に話したつもりですが」

「大切な点を、いくつかお忘れになっているのではありませんか」

「……というと？」

僅《わず》かな間が空いた。スチールの戸棚の物陰でそうした会話を聞きながら、内藤はやはり足元で同じように会話に耳をそばだてる佐久間を見た。なにかしゃべろうとするのへ、内藤は唇に人差し指をあてて制した。

「どうして、福永氏を殺害したのですか。いや、その理由もわかっているつもりなのだが、どうしてそこまでしなければならなかったのか、わたしには理解できない」

「面白いことを仰有《おっしゃ》いますね。わたしが、福永氏を？　警察では蓮丈先生が怪しいと睨《にら》んでいるようですよ」

「それは、あなたがそう仕向けたからですよ。奥津城先生」

足元の佐久間が、驚いたように内藤を見上げる。再び人差し指を唇にあてて内藤は佐久間を静かにさせた。

「わたしが？　どうやって」

「福永氏に曲玉を呑み込ませましたね。口に含ませるならいざ知らず、自分で曲玉を呑み込む人間はいない。よほどの理由がない限り」

「つまりはよほどの理由で、自分で呑んだということですね。福永氏はあなたが犯人であるという、メッセージを残したかったのでしょう」

「そう、あなたが仕向けたのですよ、奥津城先生」

突然、奥津城要の嘲笑《ちょうしょう》が研究室内に響き渡った。その耳障りな音質に我慢ができなくなったのか、佐久間が立ち上がって、内藤の制止を振り切るように声の聞こえる方向へ飛び出した。

「おやおや、出番が少し早いようですが、まあ、仕方がないでしょう」

「どういうことですか、これはいったい」

那智の呟《つぶや》きと奥津城要の当惑の声がぴたりと重なった。

「どういうこと？　それを聞きたいのはこちらのほうだ。蓮丈先生から研究室にくるよう連絡が入ったと思ったら、こんな所に押し込められて」

佐久間の声が上擦っている。

「今、お聞きになったとおりですよ。福永氏を殺害したのは奥津城要女史です」

「いったい、なにを証拠に！」

今度は、佐久間と奥津城要の声が重なった。内藤も仕方なしにスチールの戸棚の陰から姿を見せると、那智に「すみません」と、頭を掻《か》きながらいった。それを咎《とが》めるでもなく、那智は一枚のコピーを佐久間に手渡した。那智のコンピュータに保存されていた例のデータである。今朝早くに内藤がハードディスクに戻し、プリントアウトしたものだ。

「それが、動機です。佐久間さんも前にミクニから説明を受けたでしょう。日本書紀に記述された、海幸彦・山幸彦の伝説ですよ」

「それがどうしたというのです」

「わたしと福永氏は、潮満瓊《しおみちのたま》・潮涸瓊《しおひのたま》という二つの宝珠こそが三種の神器の一つである八坂瓊曲玉《やさかにのまがたま》であると仮説を立てました。同時にそれが、統一国家なればこそ成し遂げることのできる国家事業、治水事業のことではないかと」

「それが、どうして福永氏殺害に繋《つな》がるのですか」

那智と佐久間の会話を聞きながら、内藤は奥津城の表情を盗み見た。唇こそ噛《か》んでいるが、そこにはまだ幾分かのゆとりがある。

「その仮説そのものは直接関係はないのです。問題は、わたしがほんの思いつきで書いた一言にあったのですよ」

那智がコピーの一部を指さした。

『海神の宮殿とは、いずこにぞ。そこにすべての鍵《かぎ》がある。そして如意珠《にょいのたま》とはなにを象徴するものであるか』

「これがどうしたのです」

「そのなかの『海神の宮殿とは、いずこにぞ』という一言が、奥津城先生をして、福永氏を殺害し、わたしを事件に巻き込むことを思いつかせた」

その時になって、ようやく奥津城要が目の奥に光を復活させた。

「そんな一言が、どうしてわたしを凶行に走らせることになるのですか」

反論の言葉は、呪詛《じゅそ》に似てあたりを凍り付かせるが、それに動じるような那智ではなかった。こともなげに、

「この一言は、本当にわたしにとっては思いつきに過ぎなかった。けれどキーワードでもあったんだ。山幸彦が釣り針を捜しにいった海神の宮殿とは、どこにあったのだろうか」

「それは浦島太郎の伝説と同じで、単なる空想の産物でしょう」

「本当にそうだろうか。山幸彦を山の民と置き換え、海幸彦を海の民と置き換える。農耕文化がまだ心許《こころもと》ない当時の日本にあっては、この二つの民こそが日本の民族そのものを指していたはずだ。だとすればこの物語は、明らかに日本の民族統一を指している。その観点から読み解けば、山幸彦は民族統一を目的として、どこか別の国に強力な援軍を求めたということになるじゃないか」

「援軍？」

「海神の統治する国、この場合は『海の向こうの国』という意味と考えてよいだろう」

「けれど先生、海の向こうの国というと、どこになるのですか」

那智がまた、別の資料のコピーを取りだし、皆の前に提示した。

『故に弟は海辺に出泣き患ひてありけるに塩椎神《しほつちのかみ》其故を問ふ愛《あはれみ》て無間勝間《めなくあみたる》の小舩を造

り我れ其舩を押流さば魚鱗《うろこ》の如く葺《ふ》ける宮殿《みやゐ》あり綿津見神《わたつみのかみ》と云ふ其門に湯津香木《ゆつのき》あり此神に就てたずねれば其元の鉤《はり》出べしと教へしに其言の如くず（此綿津見神は一説に龍宮といへども全く朝鮮なるべし此時既に瓦ありしならむ）』

「これは戦前に出版された《長府旧跡案内》という資料のコピーだが、実に興味深いことが書かれているだろう」

「たしかに……山幸彦が訪れた海神の宮殿とは、朝鮮のことだ、とありますね。けれどどこの部分……『魚鱗の如く葺ける宮殿あり』とありますが、我々が手にしている日本書紀にそのような表現はありませんが」

「日本書紀には、様々な古写本が存在している。そのなかの一つだろう。日本書紀が時代によって様々な編纂《へんさん》が試みられていることは、東山氏の論文にも書かれている。その時々の権力者によって、都合よく編纂されたといってもよいのではないかな」

「すると、どうなるのですか」

「山幸彦は朝鮮半島勢力の力を得ることで、初めて民族統一を成し遂げた。というよりは、朝廷の成立そのものが、朝鮮半島との連立国家の成立でもあった。そしてそのことは、ある時代までは半ば常識でもあったことなんだ」

「ということは、神功皇后の三韓征伐とは」

「連立解消を示しているのではないだろうか」

内藤の脳内で、光が弾《はじ》けた。

連立国家である限り、文化交流も当然のように行なわれたことだろう。

——いや、当時の国力の差を考えるなら、文化の主導権も朝鮮半島勢力が握っていたはずだ。

「そうか！　古墳草創期にすでに、独自の日本文化が存在していたという奥津城先生の説と、完全に矛盾してしまう」

内藤の言葉を嘲笑《あざわら》うかのように、

「それはあくまでも、八坂瓊曲玉《やさかにのまがたま》と二つの宝珠が同一のものであるという前提に立てば、の話でしょう。それを証明するものはどこにもない」

「それがあるんだな」

「どこに！」

那智が別のコピーを、今度は奥津城に差しだした。

今や、すっかりと傍観者になってしまった佐久間が、恐ろしく不機嫌な目つきで、二人のやりとりを聞いている。あるいは、内容にまるでついてゆけずに、不機嫌な振りをしているだけかもしれない。

「日本書紀・神代紀の最後の部分だ。山幸彦は海神の娘である豊玉姫を妻に迎えて一子を得る。この一子については殆《ほとん》ど記述がない。あるいは存在しない神、とも考えられるね。彼は豊玉姫の妹を妻とし、四人の子を得る。多分彼らのうちのひとりが、統一の手段となった二つの宝珠を受け継いだことは想像に難くない」

那智がその部分を読み上げるのを、奥津城要が凄《すさ》まじい形相で睨《にら》み付けている。

「一書《あるふみ》に曰はく、先《ま》づ彦五瀬命《ひこいつせのみこと》を生みたまふ。次に稲飯命《いなひのみこと》。次に三毛入野命《みけいりののみこと》。次に狭《さ》野尊《ののみこと》。亦《また》は神日本磐余彦尊《かむやまといはれびこのみこと》と号《まう》す。狭野《さの》と所称《まう》すは、是《これ》、年少《みとしわか》くまします時の号《みな》なり。後に天下《あめのした》を撥《はら》ひ平《たひら》げて、八洲《やしま》を奄有《しろしめ》す。故《かれ》、復号《またみな》を加へて、神日本磐余彦尊と曰《まう》す。

この資料に見える神日本磐余彦尊《かむやまといはれびこのみこと》とは、だれのことだい、ミクニ」

内藤は、ここにいたってようやく那智の仮説の全貌《ぜんぼう》を知ることができた。

「はい、後に万世一系とも、天皇百代ともいわれる天皇家の始祖、神武天皇です」

「合格。天皇家の始祖が受け継いだであろう宝玉。これこそが三種の神器の一つでなくて、なんであろうか」

その時、佐久間が唐突に論議に参加を試みた。

「待ってください。難しいことはよくわかりませんが、どうやら奥津城先生に動機らしきものがあることは理解しました。いえ、理解したつもりです。けれど、そうなると福永氏が呑《の》み込んだ曲玉はどうなるのですか。どうして彼は、あんなものを自ら呑み込んだのですか」

佐久間の参加で、再び奥津城要は生気を取り戻したようだ。

「そう。どうして彼は曲玉を呑んで、あなたを指し示すような真似をしたの」

いつの間にか、那智が器用に片手で大きめのキャンディーを取り出していた。

「簡単なことだ。彼は自分で曲玉を呑み込んだわけではない、こうして」

自らキャンディーを口に含んだ那智が、内藤の眼前に迫った。

これからなにが起きるのかも判らず立ち竦《すく》む内藤の唇に、那智の同じ器官が押し当てられた。そしていい匂いのする長い舌が、歯列を割って侵入してきた。あっと驚く間もない。那智の舌によって運ばれたキャンディーが、口内のあらゆるガードをくぐり抜けて、喉《のど》の奥へと差し込まれた。その舌先が、歯列の終点あたりをひと舐《な》めにすると、キャンディーは完全に胃へと落ちていった。

「ディープキスの要領で嚥下《えんか》させられたんだ。さらにいえば、このトリックが使えるのは、女性に限る。まさかいきなり男に唇を奪われて、ディープキスを許すとは思えないしね。まあ、そこのところは警察が福永氏の性癖を詳しく調べて判断するだろう」

という那智の説明が、内藤にはひどく遠くの世界の出来事に思えて仕方がなかった。

「わたしがこのトリックを使っていない以上、消去法であなた以外にはないということになる」

「どうして蓮丈先生がこの方法を使えないといい切れるのですか」

「わたしは睡眠薬で眠らされていた。それは病院の残留薬物の検査ではっきりと確認されている。あなたはご自分と福永氏を除く全員の食事に睡眠薬を盛ったんだ。それは常備用か？　あるいは、十日余りにわたるディスカッションの合間には休憩時間も多々あった。その時にでも買いにいったのだろうか。一方、胃のなかに曲玉を押し込まれた福永氏は、当然それを吐きだそうと洗面台に向かう。その姿は隙だらけだったはずだ。あなたはさしたる労苦もなく彼を絞殺したんだ」

なにかをいいかけて奥津城要は口を噤《つぐ》んだ。どう考えても、自分に弁明の余地がないと悟ったのかもしれなかった。

「あの男……」と、疲れた声で奥津城要がいった。首を何度か横に振り、

「いや、どうでもいい話か。『この説が出たらあなたは困るだろう、だからわたしの部屋に遊びにこないか。大丈夫だ、他のみんなは睡眠薬で眠らせておくから』なんて話をあの男がしたなんて……どうでもいいことよね」

「そのあたりは、警察で話すことだ、わたしには関係がない」

那智の口調はあくまでも厳然《げんぜん》としていて、感情の曇りなど欠片《かけら》ほども感じられなかった。佐久間に付き添われ、研究室を出ていくときにただ一言、

「先生が羨《うらや》ましい」

奥津城要が残した一言は、忌み言葉のように内藤の胸にわだかまった。

研究室を引き上げようとする那智に向かって、内藤は「先生！」と、声をかけた。

「どうした、なにか用があるのだろうか」

「いえ、そんな。これから、あの……どちらへ」

「そんなことはどうでもいい」

那智の言葉はにべもない。

——ぼくは一生先生についていくことを心に決めました。

あるいは、

——那智、お前の一生は俺が面倒見てやる。黙ってついてこんかい。

未《いま》だに唇に残るほの温かい感触と、いくつか用意した内藤の決意の言葉を置き去りにしたまま、那智の足音が、階下へと遠ざかっていった。

触身《しょくしん》仏《ぶつ》

土中より聞こえているのは、奇妙に陰に籠《こ》もった、それでいて儚《はかな》くも澄明《ちょうめい》の気が漂う金属音である。

――婆《ばあ》ちゃん、あの音はなに。

――あれは生き仏様の鳴らす鉦《かね》の音じゃ。

――生き仏様？

――衆生《しゅじょう》のあらゆる辛苦を我が身に背負い、生きながらにして仏になってくださるお上人《しょうにん》様が、土中よりお聞かせくださる念仏じゃ。

一抹の風にながされるように、金属音が響き……また続き。やがて音色の間隙《かんげき》が少しずつ長くなって、朝夕に一度ずつ、微《かす》かに響くのみとなっていった。

さらにいくつかの昼夜が過ぎた後に。

鉦の音が完全に途絶えた。

1

年明けの勤務初日。研究室宛《あて》に送られた膨大な量の郵便物を、私信、ダイレクトメール、研究資料に仕分けしていた内藤三國は、水色の封書に触れた瞬間にその手を止めた。すべての郵便物の開封を許可されているにもかかわらず、内藤はしばらく水色の封書に見入ったまま、沈思黙考の人となった。裏返してみても、そこに差出人の名はない。

——…………!?

ふと、耳の奥に鉦《かね》の音を聞いた。遠い記憶の底でずっと見え隠れしていた音色が、はっきりと甦《よみがえ》った。同時に、内藤のなかで時間の流れが速度を変えたようだ。半開きになったままの唇が乾いて薄皮に亀裂《きれつ》が入ったことにも気づかなかった。

「どうしたの、内藤君」

いつの間にか背後に立った那智が、肩越しに封書をのぞき込みながら声を掛けてきた。

「わあっ！　いつからそこにいたんですか」

「おかしなことを聞くね。さっきから声を掛けているじゃないか」

「そうだったんですか。いや、別に大したことでは」

「大したことでもないのに、二十分以上も案山子《かかし》の真似事ができるとは」

「皮肉をいわないでください、これですよ」

水色の封書を手渡すと、那智の表情が少しだけ変わった。『東敬大学　蓮丈那智先生・内藤三國先生』と書かれた宛名の文字に、見覚えがあるのだろう。内藤にもある。だからこそ、那智がいうところの案山子の真似事をすることになったのである。

「あれから一年……ですか」

内藤の言葉に、那智はなんの反応も示さなかった。


ことの発端は《菊理媛神《くくりひめのかみ》》であった。菊理媛神とは、全国に二千とも三千ともいわれる《白山神社《はくさんじんじゃ》》の祭神である。ある意味では非常にポピュラーな女性祭神なのだが、その実、彼女ほど謎の多い存在もない。いくつもの異説・諸説を、複合的に取り入れることで成立したとされる日本書紀の、ほんの一場面に登場するのみで、他には一切の記述がないのである。

それによると、伊弉諾尊《いざなぎのみこと》はお産によって死亡した伊弉冉尊《いざなみのみこと》を追って黄泉《よみ》の国へと赴《おもむ》くが、見てはいけない変わり果てた妻の姿を見てしまい、地上へと逃げ出す。悪鬼《あっき》と化した伊弉冉尊との攻防の末、ようやく辿《たど》り着いた黄泉津平坂《よもつひらさか》に《塞《さえ》の石》を置き、現世と冥界《めいかい》との境を設けたのであった。その時登場するのが菊理媛神《くくりひめのかみ》である。日本書紀によれば、彼女は伊弉諾尊《いざなぎのみこと》に何事かを告げ、伊弉諾尊がそれを大変喜んだとある。

菊理媛神は彼《か》の神になにを告げたのか？

そもそも菊理媛神《くくりひめのかみ》とはどのような機能を与えられた神であったのか。

一説には現世と冥界《めいかい》とを繫《つな》ぐ巫女《ふじょ》の神格化ともいわれている。が、研究を進めようにも資料があまりに少なく、なかには存在そのものを否定する説もあるほどだ。

『菊理媛神は伊弉諾尊《いざなぎのみこと》が黄泉津平坂に置いた塞《さえ》の石そのものであり、他に記述がないのは、彼女の存在が後世、別の形で信仰されるようになったからである。別の形とはすなわち、《塞の神》、《道祖神《どうそじん》》と呼ばれる道の神々のことである』

そんな内容の原稿用紙にして十枚ばかりのエッセイを、蓮丈那智が歴史の専門月刊誌に寄せたのは、昨年の初春のことだった。論文にまとめる前に、こうした形で自説を公表することは、那智にとって珍しいことではない。発表後に得られる反響を元に、再考証を試みて論文の完成度を高めるのが目的である。

予想通り、雑誌の編集部を通じて、いくつかの反応を得ることができた。その内の一つに、奥羽山脈《おううさんみやく》の麓《ふもと》の小さな山村に住む三田村荘一《みたむらそういち》と名乗る人物からの手紙があった。

「ふむ、面白いね」

手紙を読むなり、頰の片側を吊《つ》り上げて笑う那智を見て、内藤は内心穏やかならざるものを感じ取った。警戒心、怯《おび》え、恐怖、どの言葉を用意しても当てはめることのできない、それでいて半ば日常的な感情である。

「あの……ですねえ、先生。年度末は色々と面倒の多い季節でありまして」

従って、急にフィールドワークに出かけるといわれても困るのだと、内藤が言葉を継ぐ前に、

「三田村氏の住む山村には、非常に特殊な形状の塞の神が祀《まつ》られているのだそうだ」

那智が実においしい匂いのする餌を内藤の前に撒《ま》いた。いや、だがそれを啄《ついば》んではいけない、口にすれば那智の思うつぼにはまってしまうのだからと、理性は警戒警報を打ち鳴らすが、研究者としての好奇心が警報を無視してしまった。

「非常に特殊な形状の塞の神ですか」

「どう思う」

「塞の神、道祖神というと雌雄《しゆう》一対のものや僧形《そうぎょう》、男根、女性器といった形のものが多いようですが」

「一般的にはね。けれどバリエーションはそれだけじゃない。むしろ地方の土着宗教との混合により、無限の形態があるといっても構わないだろう」

「元が、菊理媛神ですから。そこから形を変えたと仮定すれば、仮説の数だけ、塞の

神が存在することになります」

「そこで、三田村氏の村に祀られている塞の神だが」

そもそも常民《じょうみん》が現世に生きるとはどういうことか。様々な儀礼の一つに「境界線を設ける」という行為がある。それが個人であれ集団であれ、常民が住まう場所と、異界とは明確に境界分けが為《な》されなくてはならない。そして境界の外側である異界から来たりしものは、常に吉凶の二面性を備えている。吉ならば招き入れてその恩恵に与《あずか》り、凶ならば境界線より一歩たりとも内側に入らせることなく追い返す。その役目を担っているのが塞の神である。

秋田県湯沢《ゆざわ》市で《鹿島《かしま》様》と呼ばれる塞の神は、藁《わら》で作られた高さ数メートルの武者人形で、塞の神としての機能をもっとも顕著に表わしているといえよう。

そうした例をいくつか脳裏に浮かべながら、

――また、このパターンか、ああ！

いったんは後悔したが、すでに那智とのディスカッションは始まっている。それを中断することが不可能であることを、だれよりも内藤はよく知っている。

「敢《あ》えて手紙を寄越《よこ》すくらいですから、よほど変わった様式なのでしょう」

「そりゃあ、とびっきりだ。わたしだってそんな例を見聞《けんぶん》するのは初めてだもの」

「見聞……ですか。するとやはり」

直接見にいくおつもりですねという言葉は、あまりに結論が明らかすぎて、口にする気にもなれなかった。それよりも、那智の唇からもたらされるであろう、次の言葉に内藤は期待した。が、

「即身成仏」

「……というと、あの」

「生きながらにして仏になるという、密教秘儀中の秘儀」

途端に、内藤のなかからすべての気力が萎《な》えた。即身仏という言葉が、脳内にぷっつりとわき上がり、たちまち広がってゆく血流のように感じられた。心なしか、意識が遠くなってしまったかもしれない。

「いけません……即身仏はいけません。だめです。そんな縁起でもないものに近寄っちゃあいけません」

半ば呪文《じゅもん》のように呟《つぶや》く内藤に、那智の硬度のある視線が浴びせられた。さらに「ミクニ」と囁《ささや》かれても、内藤は反応することができなかった。

「何故、それほど即身仏を恐れるのかな」

「恐れるというか、その、ですね」

「即身仏は宗教民俗学上、避けて通ることのできない事物だよ」

「わかっています。十分にわかっていますが」

あれはいくつの時だったか。父親に連れられて見にいった、「ツタンカーメンとエジプト文明展」の記憶が、鮮明に甦《よみがえ》った。そこで初めて見た本物のミイラ。落ちくぼんだ眼窩《がんか》の奥に潜む闇が、少年であった内藤の幼い好奇心をいとも簡単にうち砕き、その代わりに恐ろしく原始的で、絶対的な恐怖心を心の奥深いところに植え付けたのである。

そうしたことをしどろもどろ話してみたが、那智の表情には欠片《かけら》ほどの同情も憐憫《れんびん》も見ることができなかった。

「だいたい、ミイラと即身仏とはまったく別物だ。安っぽいオカルト記事ならばいざ知らず、民俗学を極めようとする研究者が両者をごちゃ混ぜにしてどうするの」

「たっ、たしかに。理性ではわかっているつもりなのですが」

内藤の恐怖心には、さらにもう一つ奥がある。ツタンカーメンのミイラを見たときよりももっと幼い日の記憶である。まだ小学校にも上がっていない内藤は、当時存命であった曾祖母《そうそぼ》から、昔話のように聞かされた物語がある。

「昔話？」

「はあ、曾祖母がまだ少女の頃の話だそうです。曾祖母の田舎は出羽《でわ》と陸中《りくちゅう》の境目あたりの寒村《かんそん》だったそうですが、当時入寂《にゅうじゃく》を果たした僧侶《そうりょ》がおられたそうなんです」

「まさか、それが」

「土中入定《どちゅうにゅうじょう》……つまり即身仏になったそうです」

即身仏は引法大師空海《こうぼうくうかい》が伝えたともいわれる修行の一つで、衆生救済《しゅじょうきゅうさい》を願い、自らの肉体を仏に変える荒行《あらぎょう》である。その方法は二段階に分かれ、まず五穀十穀といった穀物をすべて断ち、極限まで体内の水分と脂肪分とを削《そ》ぎ落とすのが木食行《もくじきぎょう》。そうしてほとんど即身仏の手前まで作り上げた肉体を、土中において完成形に仕上げるのが土中入定である。地面から三メートルほどの深さに掘り下げられた縦穴に石室を築き、行者を木棺ごと埋めてしまうのだ。地上と木棺を繋《つな》いでいるのは、呼吸用に差し込まれた節抜きの竹筒のみ。生きたまま土中に埋められた行者は、時に鉦《かね》を鳴らし、経文《きょうもん》を唱えつつ仏となる日を待つのである。

「その時の様子をですねえ、曾祖母がはっきりと記憶していたんです。土中から響く鉦の音やら、それが途絶えて千日後に掘り出されたときの様子をですよ、微に入り細《さい》を穿《うが》つように、話して聞かせてくれたわけです。いったいなにを考えていたんだか、あの婆様」

「それにツタンカーメン王のミイラの記憶が重なって」

「ミイラを見た日の夜に、恐ろしい高熱を出しました。おまけに熱にうかされながら見る夢が、これが凄《すさ》まじかった。夢のなかで目を覚ますと、布団《ふとん》の横にツタンカーメンのミイラが寝ているんですよ。じっとこちらを見つめながら。正真正銘、文句のつけようのないナイトメアです」

　だからこの際、理性は関係ないのだと、内藤は訴えたかった。もちろん、そのようなことを蓮丈那智という異端の民俗学者が、斟酌《しんしゃく》の対象にするはずがないと知りつつも、願うしかなかった。

「君の曾祖母というと……生まれたのはたぶん明治時代だろう」

「たぶん明治二十年前後ではないでしょうか」

「ふうん、それはそれで興味深いな。即身仏が流行したのは主として江戸時代だ。だが、明治の世にも行なわれていたか……たしか新潟県の村上《むらかみ》市に似たような事例があったと記憶しているが」

「あのですね、先生。ですからわたしは今回のフィールドワークには」

　言葉が続かなかった。さらに硬度を増した那智の視線が、内藤を捉《とら》えて離さない。無防備で原始的なところに広がる恐怖心を、射すくめるような視線。そして二度目の、

「ミクニ」

　という言葉に、内藤は抗《あらが》うことができなくなっていた。

「折しもこんな手紙がきた。無用の恐怖心を克服する、よい機会だ」

　恐怖心も理性も等しく麻痺《まひ》させたまま、ぎこちない笑みを浮かべて内藤は領《うなず》いていた。

2

「まだ名ばかりの春だから、結構雪深いでしょう」

山道を案内する三田村荘一が、振り返って人懐《ひとなつ》こい笑顔を見せながらいった。三月も半ばだというのに、吐く息が白く、頬に触れる空気は驚くほど冷たい。

「まだ、かなり歩くのですか」

学生時代に多少の登山経験をもつ内藤が、那智を気遣《きづ》って三田村にたずねると、

「ああ、もうすぐですよ、ほんの二時間ほど」

明快かつ無邪気な答えが返ってきた。那智を見ると、多少は息を荒くしているものの、さほどの疲れは見られない。もっとも、装備のすべてを内藤が持っているので、那智は山道を歩くためのストック以外はまったくの手ぶら状態だ。

「しかし、蓮丈先生がまさか村においでになるとは思わなかった」

那智の来訪がよほど嬉《うれ》しかったのか、三田村の口調はあくまでも明るく、他意がない。話を聞くと、三田村は村役場で戸籍係として勤務しているという。学生時代から歴史好きで、本来は学者になりたかったと、笑った。

「でも、だめですなあ。根っからの勉強嫌いで。大学院の入学試験に一度落っこちた

ら、すっかりやる気を失ってしまいましてね」

それで故郷に帰って役場に勤めたのだといいながら、また笑った。

研究者になどなるものじゃない。趣味でありつづけることが一番幸福なのだと、口に出かかった言葉を内藤は呑《の》み込んだ。

――ましてや、わがままな学者の下で働いた日には……。

隠忍自重《いんにんじちょう》の一言を堅持する精神力と、できれば一抹のマゾヒズムがなければ勤められませんといったところで、三田村からは「そんなものですか」と屈託のない笑いが返ってくることだろう。内藤の常住坐臥《じょうじゅうざが》、心に抱える鬱屈《うっくつ》など理解されるはずがない。

「ところで」と、那智が白い息と共に言葉を発した。

「ああ、木食斎《もくじきさい》様のことですな」

「こちらではそう呼ばれているのですか」

「木食斎上人《しょうにん》様。はい、皆にそう呼ばれておりますよ」

「珍しいですね。木食修行は即身仏となるための大切なステップですが、いわば準備行動ですからね」

内藤が口を挟んだが、那智からは返答がなかった。その表情を窺《うかが》うと、雪中行軍による肉体的な疲労は一切見られず、研究室でメンソールの煙草《たばこ》を燻《くゆ》らせる時とまったく同じ知的緊張が、はっきりと見て取れた。

「そうだね、珍しい名だ。でも木食という言葉が珍しいわけじゃない」

そう呟いたまま、那智の唇は閉じられた。

三田村は目的地まで二時間といったが、実際には三時間近く歩いてようやく即身仏の安置される木堂へと辿《たど》り着くことができた。ちょうど尾根の鞍部《あんぶ》に当たる所に建てられた木堂は、想像していたよりも遥《はる》かにこぢんまりとしていて、あっけなささえ覚えさせるほどの簡素な建築物である。それを眼にした途端、那智の眥《まなじり》がわずかに吊《つ》り上がった。

「これは……どこかの寺の別院として建立《こんりゅう》されたものだな」

「そうです、蓮丈先生。とはいっても、その寺も昭和の初めに廃寺《はいじ》になってしまったのですよ」

「すると、今はこの木堂の管理は？」

「有志によるボランティアちゅうところですかなあ。いっときは役場が管理をしていましてな。まあ、こんな寒村ですから、木食斎上人様を下界に降ろし奉《たてまつ》り、村の別の寺に安置すれば観光の目玉にでもなるかという案もあったのです」

その案がいつの間にか廃案になったのは、即身仏というあまりに特殊な御仏《みほとけ》を見せ物にしてよいはずがないという思いが、皆の胸中のどこかにあったからだという。

「それだけですか」

那智の声は容赦ない打擲《ちょうちゃく》を思わせた。すると三田村は首を横に振り「かなわんですなあ、先生には」と、また屈託なく笑った。

「仰有《おっしゃ》るとおりです。木食斎上人様を山から降ろさなんだには、別の理由があります。手紙にも書いておきましたが」

「この即身仏には、一切、由緒来歴が伝えられていない」

「その通りです」

どのようにありがたい即身仏でも、その来歴が不明では尊びようがない。極言するなら、即身仏はただの遺骸《いがい》に過ぎないのである。そこに由緒来歴が伝わるからこそ、ありがたい上人として衆生《しゅじょう》の信仰心を集めることができる。

「今日は、東京から偉い先生がお見えになるちゅうことで、有志の了解も取ってあります」

そういう三田村の言葉には、あるいは那智の手によって来歴が判明すれば、という微《かす》かな願いが込められていることは間違いない。

「ということは、実物を見ることができるのですね」

那智の「実物」という言葉が、内藤の肺腑《はいふ》に冷たい感覚を突き立てた。

――やはり見るのですね。そしてこの内藤三國も生の即身仏を見なければならないのですね。

悲愴《ひそう》な思いを抱いて那智の様子を窺うと、小首を傾げたまま、木堂に見入っている。ときおり近づいて細部を観察するのだが、唇を引き結んだまま、ただ一言の言葉も発しようとしない。その姿が、雪原を駆けるウサギのようで思わず頬を弛《ゆる》めた途端に、

「方角確認！」と、容赦ない指示が飛んできた。

慌ててコンパスを取りだし、木堂周辺の方位を確認した。北側の斜面を見下ろした所に、三田村たちの住む村がある。山中の木堂とはいってもさほど高度があるわけではないから、家々の細かな様子まではっきりと見てとることができた。

「村に対してこの木堂は南西の方角に位置しています」

うんと頷いた那智が、尾根を中心にして村とは反対側をのぞき見た。木堂が位置する尾根と、次の尾根との間に緩やかな扇状地が広がっている。ただし民家は一軒としてない。

「三田村さん、こちらは？」

「こちらはというと……儂《わし》らはただ単に『谷地《やち》』と呼んでおりますがね」

「地名はないのですか」

「さあ、聞いたことがないものだから」

そういって三田村は、国土地理院発行の二万五千分の一の地図を取りだした。

「やはり……地名は記されておりませんな」

「人が住むにはちょうどよい場所のようですが」

「そうでしょうかなあ」

三田村の住む村に比べて、扇状地は遥かに小さい。おまけに左右を峰《みね》に挟まれているから、交通の便も開きづらそうだ。

「川の流れがうちらの村のほうに曲がりこんでおるものですから、自然と人がそちらに集まったのでしょう」

「あの場所に、人が住んでいたという記録は?」

「わたしは見たことがありませんが、探してみましょうか」

「いえ、結構です。ちょっと気になっただけですから」

「そういえば……あのあたりの地主はだれだったか。開発をかけるという話もあったような気もするが……」

「どうか気になさらないでください」

つっけんどんともとれる言葉遣いだったが、内藤は那智の変化を見逃さなかった。木堂を背に凛《りん》として立つ那智の脳内に、なにかまったく別の思念なり仮説なりが生まれたことはたしかなようだ。どこまでも鋭利な刃物を思わせる那智の顔立ちが、一層の凄《すご》みをたたえるときは、たいていの場合がそうである。

「では、木食斎上人様をご覧ください」

三田村の声に、再び内藤のなかに緊張感が芽生えた。「見せていただきましょう」という那智の声が、恨めしく思えたほどだ。二重の観音開きになっている木堂の、最初の扉を三田村が開けると、心なしか動物性のすえた匂いが、あたりに漂った気がした。そして奥の扉に手が掛けられたときには、内藤は無意識のうちに地面を凝視していた。木材と木材がこすれて軋《きし》む音。閉ざされていた空間の開放の感触が肌に感じられても、顔を起こすことができなかった。意識の幕を身体《からだ》全体にまとい、「木食斎上人様です」「これが」といった二人の会話から少しでも我が身を遠ざけようと試みたが、

「どうした、ミクニ」

那智の声が、否応《いやおう》なしに内藤を現実へと引き戻した。

――いやだ、見たくない。あの乾ききった肉体に宿る暗黒の空気に、触れたくない。だだをこねる子供のようにかぶりを振る内藤の掌《てのひら》に、そっと暖かいものが被《かぶ》さった。那智の掌である。

――いやです、先生。ぼくを即身仏のある場所へと誘わないでください。

腕が、ほんの僅《わず》かな力で引かれ、そしてその方向へと身体《からだ》が移動する。二歩、三歩。動きに合わせて、顎《あご》の角度が少しずつ上向いてゆく。目を閉じるべきだ、とも思ったが意思に反して瞼《まぶた》が本来の機能を発揮できなくなっていた。

「見てごらん、ミクニ。決して恐ろしいものじゃない」

「でも！」

僧形の座像が眼に入った。頭巾《ずきん》の下には血肉のほとんどを失った乾いた肉体がはっきりと見て取れる。もちろんそこにある、くぼんだ眼窩《がんか》も。眼窩の奥に潜む、深遠な闇も。

だが。

――………!?

即身仏を直視したまま、内藤はその全容をはっきりと観察することができた。あれほど心の奥深いところに巣くっていた恐怖は、毛ほども感じられない。そこにあるものを理性の眼で見、小さく乾いてまとまった肉体を「見事な造形だ」と判断できる余裕が、内藤にはあった。

「いかがですか」

「といわれましても」という那智の声に、明らかな嘘の匂いを感じとれたほど、冷静な自分が不思議でさえあった。

そればかりではない。「ちょっと失礼します」と、小用を足すために三田村がその場を離れた僅かな間に、那智の手が素早く動いたのを見逃さなかった。あろうことか即身仏の右手のあたりを、さっと引っ掻《か》いたのである。その一部が剝離《はくり》したに違いない。

驚いて、なにをするんですかと問い詰める前に、三田村が帰ってきた。掌で雪をこすり合わせながら、「年を取ると、小便が近くなって仕方がない」と笑う三田村に、内藤は仕方なく愛想笑いを返した。

「非常に興味深い御仏ですね」

那智の言葉が合図になったのか、急に熱を帯びたように、三田村が話を始めた。

「どうしてこの上人様は、《木食斎》などと呼ばれておるのだろうか。それにどうしてこんな所に祀《まつ》られておるのだろうかと、疑問に思っておったのですよ。だいたい即身仏は《～海《かい》》と名づけるのが普通でしょう」

「わたしも、まさしくその点を疑問に思っていました。元々即身成仏は弘法大師空海が大陸よりもち帰った思想です。そしてご本人自身も即身仏となられたことから、後の行者は空海にあやかって《海》の一文字を自らにあてたとされているのです」

頷《うなず》きながら那智が返すのを聞いて、内藤は先ほどの「珍しい名だ。でも木食という言葉が珍しいわけじゃない」という彼女の言葉の意味を理解した。

「そんなときでした、蓮丈先生の書かれたものを読んだのは。もしかしたら木食斎は『もくじきさい』と読むのではなく、『きくい・さえ』が転訛《てんか》したものではないのか。もちろんその原点には『くくりひめ・さえ』があるに違いありません。わたしは思ったのですよ。そうかこれは菊理媛《くくりひめ》が塞の神に変化し、信仰されたパターンのもっとも原始的な例。原点といってよいかもしれない。それに違いないと」

本地垂迹説《ほんじすいじゃく》を引くまでもなく、日本人が本来あがめていた国津神《くにつかみ》と、外来の宗教である仏教とを強引に結びつけた例は少なくない。その意味では三田村の推論は、さほど的をはずしたものではないと思う一方で、内藤は微《かす》かな違和感を覚えていた。

――菊理媛神と即身仏が融合する……か。

那智の反応はと見ると、先程から薄く瞼を閉じたまま微動だにしない。こうしたときの那智は、氷点下の冬山よりも冷たい印象を周囲に与える。

果たして、その沈黙に耐えることができなくなったのか、

「そろそろ、戻りましょうか」

そういったのは、議論を投げかけた三田村本人だった。時計を見るとすでに午後三時を回り、傾きはじめた日の光には明らかなほどの朱色が混じっている。

「そうですね。調査に出かけて遭難したとあっては、なにかと問題ですし」

そういいながら、内藤は教務担当の狐目《きつねめ》の顔を思い出していた。

「戻りましょう」と、三田村が歩きはじめたのは、木堂までの山道とは反対の方角だった。

「あれ、こちらではないのですか」

「ああ、帰りは別の道を辿《たど》りましょう。少々急傾斜だが、距離的にはずっと近いので

すよ」

その時だ。那智が、

「では、この山道は里からこの場所へと登り、木堂の前を通ってまた里の別の場所へと続く道なのですか」

「そうなりますなあ」

「山中に他の山道は」

「ありませんよ。この道だけです」

「ずっと昔から」

「そうですなあ。木堂以外にこの山に入る目的はありませんから。いわば塞の神様にお参りするための参道のようなものです」

その言葉に再び黙り込んだ那智の唇が、里に下りるまで開かれることはなかった。

3

水色の封書の差出人は、三田村荘一だった。

「やはり三田村氏でしたか」

「ああ、あれ以後のことを報告しているよ。彼なりに考えたこと、調査したこと、それなりの熱意をもって書き上げたものだ」

疎《おろそ》かに読むわけにはいかないだろうという那智に、内藤は熱い珈琲《コーヒー》を淹《い》れて手渡した。

「どうです」

「うん」

いつになく那智の言葉に切れ味がないことが気になった。特に、「これはいったい」と呟《つぶや》いてからの表情があまりに厳しく、そして嚙《か》みしめた唇には苦渋の色さえ見て取れる。

便せん十枚余りにびっしりと書き込まれた細かい文字を、那智が目で追う間に、内藤は一年前の調査のことをさらに思い出していた。


即身仏の祀《まつ》られた木堂から戻ってきた日の夜。那智と内藤が世話になることになっていた三田村の家に、数人の男たちが集まった。三田村がいうところの「木食斎上人《もくじきさいしょうにん》様を世話する有志たち」である。いずれも郷土の歴史には一家言あるらしく、食後に酒が出されるころには、当然のようにめいめいの自説を展開する発表会となっていた。

「先生、即身成仏の習慣はいつ頃まで続いたのですか」

那智に尋ねたのは、男たちに交じって議論に参加する、三田村の一人娘・久美だった。木の実に似た目に羨望《せんぼう》の光をたたえ、先程から那智にばかり質問をしている。

「もっとも流行したのは江戸時代だといわれています。たしか、最後の即身仏と呼ばれているのは、新潟県村上市の観音寺《かんのんじ》に安置される《仏海上人《ぶっかいしょうにん》》でしょう。明治三十六年だったと記憶しています」

「そんなに最近まで！」

「といっても、木食修行を経て、土中入定《どちゅうにゅうじょう》を果たしたのではないようです。日頃から五穀十穀断ちなどの修行を重ね、さらに定期的に体内に漆などを入れるといった荒行を続けていた上人が寺の裏に築いた塚にて入寂。あとに残った人々が彼の遺志を尊重したかったが法律に阻《はば》まれ、土中から掘り出せず、それを昭和に入ってから発掘し、現在のお寺に安置しているとか」

「はあ……」

「ところで」と、三田村が話に割って入った。

「先生の見たところではいかがですか。あれはやはり菊理媛神が民間信仰によって変化させられたものでしょうか」

「それについては……現時点ではなんともいえません。ことに宗教に関しては綿密な調査が必要なのですよ。そこにどのような信仰をもつ人々が住んでいたか。あるいは彼らがそこからいついなくなったか。どのような民話が残され、風習が伝えられているか。すべて考慮してもなお、我々は仮説以上のものを立てることが許されないのです。それが民俗学という学問ですから」

「そんなものでしょうか」

「ええ、残念なことに」

「わたしは、てっきり歴史上の真実を掘り当てたと、まあ、娘にも自慢をしておったのですが」

そこへ「そうなんですよ、荘一ときたら子供みたいにはしゃいでね」と、さらに割って入ってきたのが、足立哲治郎《あだちてつじろう》という地元中学の教師だった。

「こいつ、興奮して俺のところに電話をかけてきたんです。それも夜中ですよ。『哲ちゃん、聞いてくれ。俺は歴史のパイオニアになるかもしれね』って」

「いやあ、恥ずかしい話だなあ。おまけに蓮丈先生が直々に調査に来られると連絡があったものだから、これでわたしの仮説は完全に実証されるって、みんなに吹聴《ふいちょう》して回ったんですよ」

自らの恥だといいながら、三田村の言葉にはやはり屈託がない。きっと骨の髄まで優しく純真《じゅんしん》な性格なのだろう。

――だからこそ、研究は趣味の領域にとどめておいたほうがいい。

研究者の世界とは、その成果とはまったく別の部分で評価が行なわれ、いわれなきところで非難を浴びなければならない世界でもある。三田村のような性格の人間が、棲息《せいそく》を許される場所ではありえない。

「そういえば蓮丈先生。先ほどちっと話に出た谷地《やち》、ね。あそこの地主は哲治郎ですよ」

三田村の言葉に、那智の眼がすっと細くなった。

「地主っていわれてもなあ。ほとんど二束三文だモン」

「以前に、宅地開発の話がでていなかったっけ」

「ああ、話だけさ。バブルが崩壊してからってもの、あそこに開発をかけるような酔狂な企業はいねえな。結構な傾斜地だし、土を掘削するにしても、逆に盛るにしても莫大《ばくだい》な費用が掛かるもの」

「じゃあ」と、那智が初めて積極的に話に参加した。

「土地は、あのままですか」

「買い手など、つかねえだろうねえ」

「そうですか」

日本酒の入った湯呑《ゆの》みを手にしたまま、那智が動かなくなった。そこへ三田村が新たに酒を注ぐ。注がれた分を飲み干し、那智が動かなくなる。今度は足立哲治郎が酒を注ぐ。飲み干して動かなくなる那智。久美が酒を注いでまた同じパターンの繰り返し。

久美が、そっと内藤の耳元で囁《ささや》いた。

「蓮丈先生って、本当に生身の人間？」

「まあ、改造人間やアンドロイドではないようですが」

「さっきからもう、一升近く飲まれているようだけど」

「お酒に関しては、大丈夫です。ほとんど化け物ですから」

自動酒飲み人形と化していた那智が、突然、「ところで！」と、声をあげた。

「やはりこの地方にも、山人《やまびと》の伝説はあるのですか」

問いに答えたのは、三田村だった。

「山人というと、岩手県の遠野地方に伝わる、あれですかな」

「ええ、あるいは山々を渡り歩いた、サンカと呼ばれた人々の足跡は」

「それならば、当然のことながら残っているでしょう。奥羽山脈を渡り歩いたサンカの民が、この地方だけを避けたとは考えづらいですから」

「なるほど、そうでしょうね」

そういったまま、那智は再び沈黙の人となった。

翌朝も通り一遍の受け答えしかすることのなかった那智が、ようやく自ら口を開いたのは、帰りの新幹線のなかであった。車中の客となることで、周囲を意識すること

なく口を開く気になったようだ。といっても、その唇が吐き出したのは、

「忌まわしき記憶の封印と保存。二律背反の行為を可能にするには、あの方法しかなかったんだろうね」

という、謎めいた言葉のみであった。


長い手紙を読み終わった那智が、目を固く閉じたまま「まさか、ここまで」と、口ごもるようにいった。

「三田村氏の手紙にはなんと書いてあったのですか」

「驚くべき成果、としかいいようがない」

「先生がそれほどまで、感心するなんて」

「三田村氏は、あの即身仏に隠された秘密を、ほぼ完全に解き明かしてしまったようだ」

「木食斎上人《もくじきさいしょうにん》の即身仏ですか」

「といってよいものか……どうか」

その時那智の頬に浮かんだ歪《ゆが》んだ笑みが、内藤の気持ちを粟立《あわだ》たせた。

――あのとき。

木食斎上人の即身仏を見た内藤は、案に相違《そうい》して欠片《かけら》ほども恐怖心を抱かなかった。

長い間のトラウマが成長の時を経るうちにいつの間にか昇華され、恐怖の種子が取り除かれたのかと思ったが、それは違うと那智の笑みが告げているようだ。

「そういえば先生、例の木堂でとんでもないことをしでかしたでしょう」

「見ていたんだ」

「あれはやりすぎではないですか。即身仏の一部を引っ掻《か》き取るなんて」

それには答えずに、那智が「ミクニ」と、一言呟《つぶや》いた。

背中に淡い悪寒《おかん》めいたものが走る。

「なっ、なんですか」

「君のトラウマは、あの即身仏を見ても刺激されなかったようだ。それはどうしてだろうか」

「といわれましても……やはり人の心は日々成長し変化するものですから」

「果たして、そうかな？」

そういわれると、内藤は沈黙するしかない。今でもときおり、夢のなかで木食斎上人の姿を思い出すことがある。そこに恐怖はない。が、なにかの偶然が重なって別の即身仏の写真、ミイラの画像などを眼にした途端、トラウマははっきりとした形で内藤に襲いかかる。脇の下にじっとりと冷たい汗がたまり、呼吸が荒くなるのである。視界がやや狭くなり、意識が遠のきそうになるのは以前のままだ。

「あの即身仏は、いったい何者なのですか」

ずいぶんと的のはずれた、間の悪い質問であることを承知で、内藤はそう問うことしかできなかった。自分にとって、あの木食斎上人の即身仏のみが特別な存在であることは、たしかなようだ。しかしその解答を内藤はもち合わせてはいない。

——だが、那智先生はそれを知っている。

という思いから発した問いであった。

「あの組織片は、知り合いの生物学研究室に送ったよ。分析のために」

「なにかわかりましたか。血液型、あるいはDNA鑑定で特別な分析結果でも」

那智が、無表情のまま首を横に振った。

「でも、専門の分析にかければある程度のことは」

「向こうの研究室の人間にひどくしかられたよ。忙しいところへ送りつけてきて、くだらない分析をさせるんじゃない、と」

「なんですか、それは」

「あの組織片の成分は、主として紙、そして漆、膠《にかわ》などが混じり合ったものだった」

「紙と漆、それに膠ですって！」

「ああ。つまりあの即身仏は真っ赤な偽物。白骨体に煮溶かした紙や漆、膠を貼りつけて作り上げたフェイクというわけだ。素人目《しろうとめ》にはとてもそうは見えない精巧な出来だが、やはり本物ではない。正真物の即身仏のみがもちうる凄《すご》みや、精神的な圧迫感といったものが、あれからは少しも感じられなかった」

「まさか……最初からそれがわかっていたのですか」

「ある程度、ね。そのことについては三田村氏も今回の手紙のなかで述べている」

そういって那智は、便せんの一部を引き抜き、デスクの上に置いた。その内容を読むうちに、内藤は情けない気持ちになる自分を抑えることができなくなっていった。同じものを見たはずの自分が気づかず、在野の研究者とはいえ、ほとんど素人の三田村が気づいた内容は、あまりに明確な真実であった。

手紙で、三田村はこう言及していた。

『蓮丈先生は、木食斎上人の即身仏を見る前から、あれが絶対に塞《さえ》の神ではないことに気づいておいでだったのですね。そうとも知らずに自説を滔々《とうとう》と述べたわたしは、なんと愚かで無知な輩《やから》でしょうか。あれが塞の神であるためには、いくつかの条件を備えていなければなりませんでした。そのもっとも大きな要素が、場所なのです。塞の神の本来の役割は、常民が住む世界と異界との狭間《はざま》にあって、異界からの悪意をもった来訪者を防ぐことにあるのでした。来訪者の侵入ルートは大きく分けて二つです。一つは空間的な意味をもつ《方位》。この場合、塞の神は悪意の侵入ルートに当たる北東（鬼門）に位置していなければなりません。ところが即身仏は村の南西にありましたから、まったく方角が逆ということになります。次のルートは地理的な意味をもつ《道》です。たしかに即身仏は道の途中にあるのですが、しかしあの山道は私どもの村から発して、また村へと至る、いわば外界に通じない道でありました。外界に通じない道より来訪者などあろうはずがありません。従って、地理的条件からも即身仏は塞の神ではないことがわかります』

そこまで一息に読むと、内藤は便せんをデスクの上に戻した。そして、那智の手にある残りの便せんを受け取ってはみたが、その内容に目を通す気にはどうしてもなれなかった。

「けれど、あの即身仏が塞の神ではないからといって」

「フェイクであることがどうしてわかったのか、と?」

「はい」

「即身仏はね、いくら荒行を積み、身体《からだ》の水分と脂肪を極限まで落としたからといって、それが元は生身の肉体であることに変わりはない。古代エジプトのように卓抜した防腐処置を施さない限り、完全な保存はひどく難しい。たとえば湯殿山《ゆどのさん》に眠る即身仏にしても、その保存には特別に気を遣っているものだ」

「なるほど、あのように粗末な木堂で、保存できるものではない、と」

「ましてや、地元の有志がたまに手を掛けるくらいでは、とてもあの姿形を維持できるものではないよ。たちまち黴《かび》が生え、崩壊してしまうと考えた」

　そういって那智が、内藤の手から便せんをやんわりと取り返した。

「それにしても三田村氏、あれが塞の神でないばかりか……」

「そこなんです。無論即身仏を模したものであっても塞の神として祀《まつ》ることはできたはずです。しかしそれは、三田村氏の手紙で完全に否定されています。では、それはどのような意図をもって、あの場所に祀られているのですか」

「そのことについても彼は言及している。あくまでも仮説ではあるが、と前置きした上で、あれは遥《はる》か昔、山の民と呼ばれた人々に襲いかかった悲劇を記録し、そしてその記憶を封印するための装置ではないか、とね」

　山の民を襲った悲劇を記録し、そしてその記憶を封印するための装置。それは一年前、調査を終えて帰途についたとき、新幹線のなかで漏らした那智の言葉にぴったりと一致している。

　――ということは先生は、あのときすでにすべての真相を見抜いていたのだろうか。だが、那智にその気がない限り、真実が語られることは、永久にない。そして、那智がそう望んでいることもたしかなようだ。

「あの、実は」と内藤は声を小さく絞っていった。

　あれから自分なりに、あの地方のことを調べてわかったことが一つある。

「わかったこと？」

「ええ。三田村氏の住む集落の歴史は古く、藤原《ふじわら》氏の時代にはすでに荘園の開墾によって村が開かれた、とあります。その後の歴史、地理条件についてもかなり詳しく記録されているのですが。ところが、例の《谷地》と呼ばれる一角については、一切の記述がないんです。まるでこんな所に住む人間などいないといったふうで、開墾《かいこん》を試みたとか、どんな動植物がいるとか、なにもない。あの場所は地理的にも歴史的にも、記憶の空白地帯に存在しているとしか、思えません」

「地理的にも歴史的にも、記憶の空白地帯に存在している、か。そうした場合、ミクニならばどのような仮説を立てる」

「つまりは、記憶から抹消された、土地……かと」

「Aマイナス。ただし、今の段階では、という意味で」

　すると、考証を進めるうちには、プラスに転化されるということだろうか。ただし、那智に公表の意思がない限り、所詮《しょせん》はいつもの裏ファイルに記録される運命にあるのだが。

「ただ」と、那智が苦しげにいった。

「どうかしましたか」

「三田村氏は、どうやら奇抜な発想力をもっているらしい。いや、最初の塞の神に関する考察でさえも、独自の視点が光っていた。それが災いしなければいいのだけれど」

「災い……ですか。まさか新説を唱えたくらいで、そんなオーバーな」

「そうだろうか。例の扇状地に宅地開発の話がもちかけられた過去があると、話していただろう」

「ああ、でもバブルの崩壊で、話は立ち消えになったと」

「本当にそうかな。たしかに経済状況の悪化によって、開発は凍結されたかもしれない。けれどそれは、まったく白紙に戻ったわけではないはずだ」

民俗学でも、封印された記憶はしばしば形を変えて甦《よみがえ》る場合があると、証明されている。同じことが、開発計画にもいえるのではないか。

「不況の今こそ、安く土地を買いたたき、開発を行なって起死回生の逆転劇を狙う企業が、はたしてないといえるか」

「ですが、それと三田村氏の新説とが、どのように結びつくのですか」

「土地開発業者、いわゆるゼネコンの天敵の一つに、考古学者があげられるだろう」

「そりゃあ、発掘となると、作業は中断して……ああ、そうかあ」

納得したつもりが、また新たな疑問に内藤は首を傾げた。

「あの扇状地が発掘対象、ですか」

「そんな事態にならないことを、わたしは祈るばかりだ」

那智の呟《つぶや》きは、三日後に現実のものとなった。

その日のノルマをすべて片づけ、二人して研究室を出ようとしたとき、受付から内線が入った。

「三田村久美さんという方からですが」

「つないでください」

そして二人にもたらされたのは、三田村荘一が二日前から行方不明になっているという報《しら》せであった。

4

「ミクニ、例のものは用意してあるね」

「はい。しかし、どうしてそんなものが」

「説明している暇はない。それよりも急ごう。詳細は新幹線のなかで話をするから」

こうした会話の後に、二人が旅立ったのは、三田村久美から報せを受けた翌早朝のことだった。教務部の狐目《きつねめ》の担当者には、メールで休講の旨《むね》を報せておいた。

新幹線に乗り込むとすぐに、那智が、

「例の木堂を、塞《さえ》の神だと仮定する」

といった。

「だって那智先生、あれは塞の神などではないと、三田村氏が」

「だから、彼が住まう村にとっては、という意味」

「じゃあ、どの場所を守るための塞の神なのですか」

「三田村氏の手紙にあったろう。塞の神が成立するためには、位置的な条件が大きな要素となる。一つは空間的要素を満たすための方位。そして、地理的な要素を満たすための外界と繋《つな》がった道。どちらかの要素を満たしていたとすれば？」

「それはつまり……今は完全に消失していますが、かつてはどこかに繋がる道があった、と」

「そう考えるのが妥当かつ常識的だろう」

「しかし、周囲にそれらしい場所はありませんよ」

その時、不意に内藤の脳裏に例の木堂から見下ろした風景が甦った。尾根を境にして、三田村たちの里とは反対側に広がる風景である。

「あの、扇状地ですか」

「一般的に扇状地は、河川によって運ばれてきた土砂が堆積《たいせき》することによって生まれるとされている。しかし、だ」

「例の扇状地には河川が流れていない。ということは」

扇状地を作り上げた土砂はどのような経緯で堆積したのか。

──仮に、だ。一般的な扇状地のように長い年月を経ることなく、凄《すさ》まじい量の土砂が、一気に堆積するとしたら。

「山津波《やまつなみ》ですか」

「そう考えると、あの地形は納得できるじゃないか」

「しかし、奥羽山脈は今でこそ開発の波が押し寄せていますが、近世までは全くの手つかずの原生林です。かなりの保水力があったはずですし、一つの谷を埋め尽くすほどの大きな山津波を引き起こすとなると、相当な地震があったということでしょう」

那智のいわんとすることが、おぼろげながら見えた気がしたが、それでも納得はできなかった。例の木堂の先には、扇状地へと続く道が、かつてあった。きっとそこは何者かが住む集落であり、だからこそあの地に塞の神が祀られた。

だが集落は、山津波で消滅。道も途絶えて今の形になった。

「しかし、それは発想の飛躍が過ぎやしませんか」

「どうしてそう思う」

「だって、一つの集落が消滅したと仮定します。じゃあ、どうしてそのことが記録に残されなかったのですか」

「記録は残したさ。たしかに、残したんだ。しかし極めて歪《ゆが》んだ形でね」

それがつまり、悲劇を記録し、その記憶を封印するということなのか。言葉としては理解できるものの、内藤には、那智の発想そのものを咀嚼《そしやく》することができなかった。

「豊かな森林も、それを食いつぶしてしまえば、ただの荒れ地だ。ごく短期間の集中豪雨と小さな地震が重なれば、山津波だって起こりうる」

「森をつぶすほど大きな木造建築物を造ったとしたら、それはやはり記録に残ります」

「木造建築物なんかじゃないさ」

他になんのために木材を消費するのかと問いかけようとして、内藤は自らの愚かさを知った。材木は、建造物を造るためだけに消費されるのではない。もっともっと大きな消費を必要とする一族が、かつてたしかに存在していたのである。

「製鉄民族。そのなかには材木と砂鉄を求めて全国を渡り歩き、山の民と呼ばれた人々もいたはずだろう」

無論、山の民と呼ばれる人々がすべて製鉄民族であったはずがない。なかには木地《きじ》師《し》と呼ばれ、木工細工を生業《なりわい》とする人々もいたであろうし、狩猟民族もいたことだろう。そうした人々は、里の人間と交流をもち、共存もしていたにちがいない。

だが、製鉄民族に限っては、そうではなかったのではないか。

近隣の山々を伐《き》り尽くし、木々を根絶やしにしながら全国を渡り歩いた製鉄民族は、里の人間と果たして友好関係を結ぶことができただろうか。たしかに鉄器は欲しい。しかし、その多くは権力者の許《もと》に届けられたであろうし、だとすると、彼らは貴重な里山を食いつぶす侵略者にしか見えなかったのではないか。少なくとも、里に暮らす常民にとっては。

「そんなときに、悲劇は起きた」

「山津波によって、谷間《たにあい》に住んでいた製鉄民族、少なくともその部族は壊滅した、ということですか」

「その時里の人々は、どのような考えをもつだろうか」

「それこそ、山の禁忌に触れた愚か者たちの死を喜び、半面、そうした災いをもたらした山の神を恐れたことでしょう」

だからこその、塞《さえ》の神なのか。愚か者たちの魂が荒魂《あらみたま》となって里に入ってこぬように道をすべて周到にふさぎ、さらに念を入れて即身仏のフェイクをかつての交流点に塞の神として置いたのか。

――しかし……？

内藤にはなおも納得がいかなかった。

「あれが塞の神だとすると、やはり方角がおかしくはありませんか。堂の扉は三田村氏らの村を向いています。当然ながら即身仏もその方向を向いているわけです。もしも扇状地で全滅した製鉄民族の魂を封印するのであれば、そちらを向いていなければなりません」

「だから」と、いったまま那智が唇を嚙《か》みしめた。

内藤は那智の沈黙を破る術《すべ》をもち合わせない。

それになによりも、那智から用意するようにいわれたものの用途がわからなかった。

内藤のザックに入っているのは、普段は車に積んである簡易ジャッキである。

村に到着した二人を出迎えたのは、三田村久美だった。

「蓮丈先生の仰有《おつしや》るとおりでした」

「じゃあ、やはり例の扇状地が？」

「東京の大手ゼネコンが、宅地開発を申し入れているそうです」

「だとしたら……たぶんわたしの推測は間違っていないだろう」

「父の居場所がわかるのですか」

「ああ。二人共、急ぐんだ。今ならまだ間に合うかもしれない。間に合うことをわたしは祈る」

「といわれても」

内藤と三田村久美は顔を見合わせた。

「なんだ、まだわからないのか」

「はあ……どうも」

「例の木堂だよ。即身仏もどきの安置された」

そういって歩きだす那智の背中を、二人は追うしかなかった。歩きながら内藤は問うた。

「あんな所に三田村氏がいるのですか」

たかだか奥行き二メートルにも満たない木堂に、生身の男性を隠すことなどできるのか。ましてや堂内には即身仏を模した像が安置されている。

「即身仏を含めて、あの木堂そのものがフェイクなんだ」

「どういう意味ですか」

「あの堂の下にはもう一つの塞の神が眠っているはずだ。それこそが扇状地に暮らす製鉄民族を襲った悲劇を記録し、そしてその記憶を封印するための塞の神なんだ」

――木堂の地下に、もう一つの塞の神！

その時になって内藤はようやく那智の仮説の全貌《ぜんぼう》を読みとることができた。

悲劇は記憶されなければならない。そして同時に悲劇は封印されなければならない。

二律背反する思想を両立させるためにはどうすればよいか。

まず本来の目的である塞の神を祀《まつ》ればよい。

それを覆い隠すためのフェイクを用意すれば、ことは成就する。

尾根に建てられた粗末な木堂と、その地下に存在するであろう本来の塞《さえ》の神とその神殿を内藤は思い描いた。

木堂に到着するなり、

「ジャッキを木堂の礎石部に噛まして、持ち上げて」

那智が叫ぶようにいった。

「どうするんです」

「木堂を傾けるんだ。横倒しになったって構わない」

「そんなことをしたら木食斎上人《もくじきさいしょうにん》の即身仏が！」

「どうせ、フェイクだ。気にするんじゃない」

那智の命令に従い、内藤は木堂を極限まで傾けた。といっても所詮《しょせん》は車に積んである簡易ジャッキの能力では、大した力はない。

「ミクニ、引き倒してしまえ！」

「知りませんよ」

「責任はわたしがもつ。引き倒してしまえ」

傾いた側壁に力を込めると、思ったよりも簡単に木堂は横倒しになった。すると、床の中央あたりに、石蓋《いしぶた》が現われた。

「これもジャッキで持ち上げるんですね」

もうどうにでもなれという気持ちで、内藤はジャッキをセットした。

石蓋を持ち上げ、横に大きくずらすと、思いがけない空間がそこに出現した。一・五メートルほどの深さの石室である。懐中電灯の光を当てると、そこに男が蹲《うずくま》っているのが見えた。

「三田村さん！」

その声に反応して、男がぴくりと動いた。

「生きているぞ、大丈夫です、先生、生きていますよ」

そういって穴のなかに飛び込んだ内藤は、三田村の顔のすぐ横に、見てはいけないものを見た。この地にあって、塞の神本来の役割を担ってきたものの正体。乾ききったなめし革のような肌と、落ちくぼんだ眼窩《がんか》。その奥深くに潜む闇。

それはフェイクでもなんでもない、正真物《しょうしんもの》の即身仏だった。

気を失ったわけではなかったが、そこから先、内藤の記憶は完全に途切《とぎ》れた。

「先生、本当にありがとうございました」

木堂の地下に設けられた石室から無事保護され、意識を取り戻した三田村がそういったのは、二日後のことだった。この極寒期、しかもごくわずかな空気の流通しかない石室で、命拾いをしたこと自体が、ほとんど奇跡に近いといってよい。

彼をもう一つの塞の神が眠る石室に閉じこめたのは、那智の推理どおり、足立哲治郎であった。再び彼のもつ扇状地《せんじょうち》に宅地開発がもちかけられた矢先に、足立は三田村から驚くべき話を聞かされた。扇状地がかつて製鉄民族の暮らす集落であり、一瞬の山津波によって全滅した彼らの悲劇の記憶と、その悪《あ》しき魂を封印するために作られたのが、例の木堂である、と。そしてその地下には本来の塞の神が眠っているという話である。

それが事実なら、扇状地が発掘される事態になるやもしれない。当然ながら開発工事は遅れるし、そんな縁起でもない土地を宅地として開発したところで、まともな買い手がつくとは思えない。

足立の決断は早かった。三田村が周囲に話を漏らす前に、すべての根っこを断ちきることにしたのである。かといって、露骨に遺体を人目に晒《さら》す方法で三田村を殺害したのではどこから疑いの芽が吹き出すかわからないし、自ら手を下すのも、恐ろしい。

「ああした人間が考えるのは、自らの手は汚すことなく、しかも確実に三田村氏を里から消す方法だよ。だとすると、木堂の地下にある石室に閉じこめてしまうのが、もっとも確実じゃないか。しかも石室の上には木堂があるから、その地下を調べてみようなどと考える人間はいやしない」

三田村の説明によると、足立に薬を使って拉致《らち》され、石室に閉じこめられたのだという。

二人の会話を聞きながら、内藤は「それにしても」と話に割って入った。

「まさか本物の塞の神まで、即身仏だったなんて」

驚きましたという言葉が、どうしても続かなかった。

「あのときの内藤君の働きは凄《すさ》まじかったな。石室から三田村氏を押し上げるなり自らも這《は》い上がり、そのまま氏をひっ担《かつ》いで、山道を駆けだしたのには、驚いた」

「いやあ、無我夢中でしたから」

「あの……」と、躊躇《ためら》いがちに三田村がいった。「信じてもらえるかどうかはわかりませんが」と、いい置いて、

「わたし、夢を見たのです。あれは、山津波で生き残ったただ一人の女性なんです」

「なんですって」

「生き残ったところを村の者に捕らえられ、無理矢理、即身仏にされたのです。そして上にあるフェイクの即身仏とは逆の方向、失われた集落に対峙《たいじ》する位置関係に安置されたのですよ」

「彼女がそう語ったのですか」

那智の口から思いがけない言葉が飛び出した。それに三田村が頷《うなず》いた。

「驚くことじゃないさ。エジプトのミイラと即身仏のもっとも大きな違いはなに？」

「それは……」と内藤が口ごもると、

「つまりエジプトのミイラは死を前提としている。やがてくるであろう復活の日に備えて、遺体を保存するというのが彼らの発想だ。だが即身仏は違う。生きたまま仏になることで、未来永劫衆生《えいごうしゅじょう》を救済するのが目的だ。乃《すなわ》ち、即身仏は生きている。あくまでも思想的に、ではあるが」

いまだに意識の下に残る画像が、鮮明に甦《よみがえ》り、内藤は脇の下に冷たい感触を覚えた。

「案外」、と笑う那智の視線を、内藤はまともに見返すことができなかった。

——ミクニ、君もなにかメッセージを伝えられたんじゃないのかい。

那智の笑顔がそういっているようで、内藤は頬を強張《こわば》らせた。

御《お》蔭《かげ》講《こう》

1

口を半開きにしてコンピュータの画面に見入ったまま塑像《そぞう》と化した内藤三國は、背後から肩を叩《たた》かれても、しばらくは現実世界に戻ることができなかった。唇から「……シャーマン」という一言が、我知らずのうちに漏れだしたのも、外部からの刺激に反応したせいではなく、網膜に焼き付いた映像情報が、言語に変換された結果にすぎない。

「シャーマン？　宗教的職能者のことだね」

どこまでも冷え冷えとして硬質の声に、理性はようやく本来の機能を取り戻した。

「せっ、先生、いや、これはですね」

「大容量のハードディスク内蔵、CD－R／RW機能付きの最新コンピュータを導入したと思ったら、おまけのTV受信機能を使って音楽番組鑑賞、とはね」

「参ったな、ちょっとだけどんな機能かな、なんて思ったりしたものですから」

「それにしては、熱心だった」

どこまでも蓮丈那智の舌鋒《ぜっぽう》は鋭く、内藤の弁明じみた言葉を、情け容赦なく切り裂いてゆく。が、コンピュータのサブ画面に映る女性シンガーに目を向けるや、「これは」と呟《つぶや》き、視線をそのまま固定した。

「ご存じですか。与弧沙恵《くみこさえ》って、今ずいぶんと売れている女性シンガーです。年齢、出身地その他個人のデータを一切明かしていないとか」

「うん」と頷いたまま、那智の薄い唇が引き締められた。南方系を強く意識したものか、与弧沙恵が着ているのは体の線を一切推し量ることのできない、それでも独特の色彩で見るものの官能に強く訴えかける衣装である。「シャーマンか」と、那智が先ほどの内藤と同じ言葉を口にした。彼女の歌声がまた特別で、裏声の混じった抑揚の強い発声法は、人の、理性とはまったくかけ離れたところを、激しく刺激する。

——別の表現を駆使するなら……。

と、胸の裡《うち》でぺろりと舌を出したとたん、

「わたしとは全く別の声質だと、いいたいのかな」

那智の紙背《しはい》に徹するが如《ごと》き眼光と言葉に、内藤は表情を強張《こわば》らせた。

「なんでも百年に一人のミラクルボイスだそうですよ」

「百年に一人の逸材が三ヶ月おきに登場するのが芸能界という磁場の特性だろう。とはいえ……たしかにこの女性」

それだけいうと、那智はすべての興味を失ったように、デスクに向かった。パソコンを立ち上げ、いくつかの資料に目を通しながら、

「ところで、例の伝承に関する解析は」

恐れていたその一言に、内藤は思わず背筋を伸ばしていた。

「はい、目下のところ鋭意解析中としか……」

「その口振りでは、たいした進展はないようだね」

「なっ、なんとも」と、言い訳めいた言葉が内藤から漏れたが、それ以上は続けようがない。那智が「例の〜」と呼んだのは先月、中部地方のとある郡部で行なったフィールドワークから採取された伝承を指している。

——御蔭講《おかげこう》……か。


某村に残された伝承に曰《いわ》く。

ある夜のことだ。村民すべての夢枕に地蔵尊が立ってこう告げた。「汝《なんじ》らに申し渡すなり。村びとこぞって村をいでて、丑寅《うしとら》の方角を目指すべし。これすなわち御蔭なり」と。

翌日から村は地蔵尊のお告げのことでもちきりとなった。村人の総数約七十。いかに神仏への信心厚い時代のこととはいえ、村を捨ての集団移動は大事業である。

「じゃが、これが凶事を避けるべしとのお告げであれば、なんとする」

「いや、丑寅の方角とただいわれても、途方もないこと」

「地蔵尊が、我らを謀《たばか》るはずもなし」

侃々諤々《かんかんがくがく》の議論の末、村は真っ二つに分裂した。すなわち地蔵尊のお告げに従って棄村《きそん》する一団、お告げには従わず村に残る一団、である。

村を離れたもの三十人余りは村境を越え、丑寅の方角を目指した。三日ばかりの旅の後、山と山との谷間《たにあい》に小さいながらも平地を見つけ、一行はそこに小さな集落を作ることにした。平地の一角からは滾々《こんこん》と泉がわきだし、土地を十分に潤していたからだ。山から伐《き》り出した木で家を造り、かつて住んでいた村から持ち出した食料を食いつないで一冬越し、春を迎える頃には一応の集落らしいものができあがった。

ある日のこと、その地に百頭余りの野生馬がやってきた。どうやらここは彼らの棲《せい》息《そく》地であったらしい。総出で村人は馬を捕まえ、大きな囲いを作って、これを村の財産とすることにした。

その夜、再び皆の夢枕に地蔵尊が立った。

「馬を連れて都を目指すべし。これすなわち御蔭なり」

また村は二つに分裂した。十五人余りの村人は、三十頭ほどの馬を連れて村を出た。都へ向かう途中の小さな集落で、村人は「その馬をひと夏貸してくれないか」と請《こ》われた。ここでさらに半分の村人がその地に残り、七人余りが都を目指して旅を続けることにした。

集落に残った七人は馬を使って村人の農作業を助け、一年後にそれぞれ二俵ずつの米と麦とをもらって馬と共に旅立った。すると今度は、味噌造りの麹屋《こうじや》に出逢《であ》った。麹屋は七人の荷を見るなり、「やれ助かった、今年は不作で味噌造りの米と麦が足りないところだった。どうかあんた方の荷を売ってくれ」といった。四人の村人は、都へいって馬を売ったほうがよいと主張し、三人の村人は麹屋を手伝ってみたいと主張した。こうして七人はまた別々の道を歩くことになった。

麹屋を手伝った三人は半年後、味噌と麹の株をもらって旅立った。都に近いある村で、三人は刀鍛冶《かじ》に出逢った。刀鍛冶は「鉄はよい具合に熔《と》けたが、味噌がなくては仕上げの曇り取りができぬ。よかったらお前たちの味噌を分けてはくれぬか」といったが、二人は首を縦に振らなかった。結局一人の村人が刀鍛冶に味噌を与え、かわりに刀鍛冶の秘伝を教えてもらうことにした。

一年後、男は馬の背中に沢山の玉鋼《たまはがね》（鉄器の材料）を積んで都へ到着した。小さな家を借りて鍛冶屋を開くと、間もなく武家の棟梁《とうりょう》から「金に糸目は付けぬ。戦《いくさ》が始まりそうだから是非とも刀を打ってくれ」といわれた。同じく近在の庄屋《しょうや》からは「どうか鉄製の農具を打って欲しい」ともいわれた。迷った男は地蔵尊に願をかけ、「いったいどういたしましょうか」と問うと、その夜、三度《みたび》地蔵尊が夢枕に立って「庄屋どのの願いを聞き届けよ。ただし銭を取ってはならぬ。これすなわち御蔭なり」と告げた。

もともと地蔵尊のお告げから始まったことだ。生まれ育った在所の村を出てすでに三年近い月日が経《た》っている。無一物だった自分が、こうして玉鋼や鍛冶の技術、味噌造りの技術まで手に入れることができたのはすべて地蔵尊の御蔭だ。男はそう思って、お告げに従った。

すると庄屋はいたく喜び、「これほど無欲なお方は初めて見た。きっとあなたは地蔵尊の化身に違いない。どうかうちの娘婿《むすめむこ》になってくだされ」と頼んだのである。

やがて男は、近在の村々を束ねる大庄屋となった。

これをもって《御蔭講《おかげこう》》と人々は伝える。

「講とは、そもそもどのような性格を有しているのだろう」

プリントアウトした《御蔭講》の物語に目を通しながら、那智が呟いた。内藤にかけられた言葉ではない。自らの思考の内側に投げかけた波紋の一つであると知りつつ、

「頼母子《たのもし》講、なんてのもありますね。要するに民間の互助システムのことですが」

と、内藤は応《こた》えていた。

頼母子講は、鎌倉《かまくら》時代中期に出現の源を探ることができる。発起人である《親》の許《もと》に、仲間――《講衆《こうしゅ》》という――が所定の金品を出し合い、抽選もしくは入札によって、個人に金品を融通するシステムだ。一度融通を受けたものはその権利を失い、全員に融通がいき渡ったところで、頼母子講は解散する。

「そのほか、物品を融通しあう《牛頼母子》《蒲団《ふとん》頼母子》、労力を融通しあう《萱《かや》講》と、様々なシステムがあったようです」

「つまり困窮する者どうしが、互いの財力を少しずつ集め、それを大きな資力として融通し合うわけだね」

「そこが問題なんです。講の性格をそのように定義づけると、なぜこの話が御蔭講と呼ばれるのか、どうしても説明がつきません」

御蔭という言葉そのものに問題はない。もともと御蔭には、神仏の助けや加護を示す意味が含まれているからだ。だが、物語に互助の仕組みは見ることができない。いうなれば、地蔵尊のお告げに従った男のサクセスストーリーに過ぎないのだ。

「それだけでは、ないな」と、那智が内藤をまっすぐに見据えていった。言葉にはしないが、その眼が「内藤君」でもなければ「三國」でもない、「ミクニ」と問いかけている。胸の裡にざわめきを覚えながら、

「物語のベクトルが、地蔵尊への信心と帰依《きえ》以外のところにあるということですか」

「当然じゃないか。もしも地蔵尊への信心を目的とする寓話《ぐうわ》ならば、当然の結論として因果応報の法則が用いられなければならない」

そのことには内藤も気づいていた。村人全員に対してお告げがあった段階で、地蔵尊の功徳《くどく》は条件の上で平等に与えられたことになる。半分は信じ、半分は信じなかったわけだから、不信心の側に立った人間にはなんらかの報いがなければならない。以降の物語についても同様のことがいえる。三度のお告げの他に、人々には様々な選択の機会が提示され、淘汰《とうた》が繰り返されているのである。大庄屋となった男は、最終的な勝者といってよい。だが、問題は淘汰された人間たちの末路なのである。

「お告げによって村を捨てたものの、二度目のお告げに従わなかった人々はどうなったのか。農作業を手伝うこともなく都へ旅立った人々のゆく末は、味噌造りに必要な米と麦とを味噌造りの麹屋に売らなかった四人の村人は果たして幸福になったのか。そして最後の選択肢である、刀鍛冶に味噌を売らなかった二人の男はどこへ消えてしまったのか」

物語は最終勝利者の未来のみを賞賛し、残された人々についてなにも語ろうとはしない。講そのものが互助システムを指すというなら、彼らにも平等に恩恵が与えられなければならないというのに、だ。

謎はまだある。

離村を起因として馬を得る。馬は基礎生産物である米と麦を生み出し、そこから味噌という加工物に至る。さらに鉄という文明の象徴にたどり着く過程に、なにか別の意味が隠されてはいないか。

「仮に、大庄屋の地位を記号化し、文明そのものの繁栄と置き換えることはできないでしょうか」

内藤は思いつくままに語りつづけた。

民俗学ではしばしばこうした思考法が取られる。理性や常識といったものをすべて排除し、ただ脳裏に思いつく言葉を並べてゆくことで、まったく別次元の解答を得ることができるのである。ただし、ごく稀《まれ》に、という基礎条件が付くこともたしかだが。

「結局、御蔭講とはなんだったのか。謎はそこにいき着くのです。互助ではない、なにかのシステムを指すのだとすれば……あっ、そうか」

謎を羅列するうちに、内藤のなかで小動物が駆け抜けた。形がはっきりと見えたわけではない。それは一瞬の光といってもよかった。

「御蔭講という名の、なにか別のシステムを指す寓話なんだ」

そうですよねと、那智に問いかけようとして、丹田《たんでん》のあたりに熱い感覚を覚えた。

フィールドワークから帰るなり、「伝承の解析は、君に任せる」といったのは那智である。以来、彼女の口から推察の一欠片《ひとかけら》、仮説の一言として語られることはない。

学界で異端の名を冠されるほど奔放な洞察力を誇る那智に、なにがしかの考察がないはずがない。それでもなお、すべてを内藤自らの手で切り開き、論文にまとめることを求めているのである。

その先に、数ヶ月先に迫った教授会の存在があるのは明らかだった。来年度からの講師の選任が、そこで行なわれる。東敬大学では基本的に、助教授の推薦があれば講師就任はほぼ確実なのだが、教授会の承認を得ねばならない。それにははっきりと形に残る、いい換えるならば、だれにもわかりやすい実績を示す必要がある。

こうした場合、どこの研究室でも教授もしくは助教授が慣例的に指導名目で論文を手伝うのだが、当然のことながら蓮丈研究室にそうした慣例は存在しない。

「神との契約の最低条件はなんだ」

唐突な那智の言葉に、内藤は一瞬我を失った。「御蔭講に類型伝承は存在するか」

「真に御蔭を蒙《こうむ》ったのはだれだ」と、矢継ぎ早に質問が浴びせかけられ、完全に脳内が錯綜《さくそう》し、そして沈黙という名のリセット状態が訪れた。

「……わかりません」

「三國はまだ、最終的な謎に辿《たど》り着いていないようだ」

那智が、なぜか入り口のドアを気にしながらいった。腕の時計に、瞬間的に目を遣《や》った動作から、

——どうやら来訪者があるらしい。

内藤は推理した。そのタイミングを計るように「失礼します」と、女性の声が聞こえた。どこかで耳にしたような、懐《なつ》かしく、それでいて神経の琴線にまとわりつく声質に思わず振り返ると、

「本日からお世話になります、佐江由美子《さえゆみこ》です」

今時珍しい漆黒のストレートヘアを背中まで伸ばした、白衣の女性が室内に入ってきた。大きめのセルロイド眼鏡をかけたその顔に、内藤は明らかに見覚えがある気がした。

「あの……お世話って、那智先生」

「彼女は、近代文学専攻の三神《みかみ》教授のところにいたのだが」

那智が、珍しいことに躊躇《ためら》いの口調でいった。「ああそれで」と、自らを納得させたつもりが、喉元《のどもと》に引っかかった小骨のような違和感は、少しも消えてはくれない。文学部の研究室はすべて同じ棟に集中しているし、三神教授の研究室には、目良《めら》光一という顔見知りの助手がいる。どこかで佐江由美子と顔を合わせていても不思議はないのだが、理性の奥深いところで「ソレハ、チガウ」と囁《ささや》く声を聞くのである。

「内藤三國さんですね、よろしくお願いします。わたし蓮丈先生にずっと憧《あこが》れていました」

「はあ、でもあなたの専攻は国文学でしょう。どうしてまた畑違いの民俗学の研究室なんかに」

「前から、民話や伝承に興味があったんです」

限りなく理性に近いところで、硬質のなにかがひび割れる音を聞いた気がした。ほぼ同時に胃のあたりに重い感触を覚える。那智の理不尽が内藤の身に降りかかるとき、必ず現われるある種の予兆である。「教務課へは、どのように報告するのですか」と最後の抵抗を試みたが、

「大丈夫。もう済ませておいた。臨時の増員だが、うちはずっと君一人だったからね」

教務課の狐目《きつねめ》担当者の名前を挙げ、彼の許可を取りつけたからと、那智の返事はにべもない。そりゃあないでしょうという言葉を内藤は、喉の奥に呑《の》むしかなかった。

「それに……彼女がいてくれたほうが君も助かるだろう」

「まあ、雑務を分担することができますからね」

「そういうことじゃないよ。おや、まだ気づいていないんだ」

「なにを、ですか」

「彼女をよく見てごらん」

そういわれて佐江由美子の顔を凝視すると、彼女の無邪気な笑顔に別のビジョンが

重なった。化粧ッ気もほとんどない由美子だが、想像の上で眼鏡を外し、装飾を加えてみた。

「まさか……嘘ッ！」

「君のシャーマンじゃないのかね」

先程まで、コンピュータのサブ画面から蠱惑《こわく》的な歌声を振りまいていた、与弧沙恵

その人が白衣で立っていることに内藤は気づいて、僅《わず》かな間、瞬《まばた》きを忘れた。

「まさか、あなたは与弧沙恵《くみこさえ》って……そんなことがあるはずもないのに、でもあなた

はどう見ても与弧沙恵以外の何者でもなく。ねえ、先生、ぼくはなにをいっているの

でしょうか」

内藤の狼狽《ろうばい》を楽しむように、「本当のことを教えてあげたら」と、那智が佐江由美

子を促した。はい、と頷《うなず》いた由美子は、

「残念ながら、わたしは与弧沙恵ではありません。与弧沙恵こと佐江久美《くみ》子は、わた

しの妹なんです。双子の」

その言葉がもたらす狼狽と困惑の末に、内藤は軽い眩暈《めまい》を覚えた。

2

安手のコップになみなみと注いだ酒の表面に、おのが顔を映し、

「いっ、いかんですわ。これは絶対によくない状態に陥りつつある」

内藤は幾度目かの、同じ言葉を吐き出した。大学から遠く離れた小さな街の、しかも初めて訪れる店だから、周囲に気遣う必要はない。

よくない状態に陥りつつあるのはいうまでもなく内藤自身であり、「いかん」のは内藤及び佐江由美子の存在である。由美子が出入りするようになってからというもの、研究室の空気は一変した。蓮丈那智という異端の民俗学者は、時として内藤の理解を超えた行動力を示すことがある。そうした場合の雑事、事後処理はすべて内藤の仕事であった。泣き言と恨み言をいくつも胸の裡《うち》に秘めつつ、それでも教務課担当者の皮肉に耐えることができたのは、「この役目を担《にな》えるのは自分以外にない」という、自負と喜びがあったればこそ、だ。ところが佐江由美子は、内藤の苦難の道のりなど寄り道以外のなにものでもないといった要領のよさで、雑事を次々とこなしてゆく。狐目の担当者でさえも「蓮丈先生はよい助手を得た」と、手放しで賞賛するほど手際に長《た》けている。

おまけに性格がまことによろしいとあって、内藤の立つ瀬は皆無に等しかった。本来ならば嫉妬《しっと》にのたうち、権謀術策の限りを尽くして彼女を追い落とす役目に勤《いそ》しんでもよいのだろうが、生来の気の弱さと、なによりも彼女の人柄に好意以上のものを感じる内藤にそのようなことができるはずもない。

——なによりも、なあ。


昼間のことだ。

「雑事は由美子君に任せて、三國は論文完成を急ぎなさい」という那智の言葉に従い、内藤は御蔭講《おかげこう》伝説の解析に全力を注いでいた。神との契約における最低条件。御蔭講伝説の類型。伝承において真に御蔭を蒙《こうむ》ったのはだれか。これらは那智が内藤に浴びせた質問であると同時に、論文を補完する重要なパーツでもある。那智は質問という形でヒントを与えてくれたのだ。

「類型といってもなあ」

インターネットを検索する内藤の背後から、由美子がデスクのコピーをのぞき込んだ。

「アラ、御蔭講って」

「知っているのですか」

「だって、わたしの生まれ故郷に伝わる伝承ですもの」

驚きの証言はそれだけではなかった。佐江由美子の母方は、御蔭講伝承を伝える、巫女《みこ》の家だったのである。

「そうか、君は巫女の家系に生まれ育ったのか」

「もちろん、祖母の代までのことですけれど」

由美子の双子の妹である与弧沙恵に感じた巫女性は、錯覚ではなかったようだ。

「御蔭講がどうかしましたか」

「講というのは、民間互助システムを指しています。しかしどうやらこの伝承は、もっと別のシステムを後世に伝えるべく作られたようなんです」

「作られた？　ずいぶんとおかしな言い方をするんですね」

「おかしいですか」

「だって、歴史には様々な記録方式があるでしょう。記紀とか、日記とか」

「ああ、もちろんそうした記録もあります。けれど正史と呼ばれるものでさえも、所《しょ》詮《せん》は勝者の言い訳に過ぎないともいわれています。まして民間レベルの出来事になると、後世には伝えてはならぬ、けれど伝えなければならないという、二律背反《にりつはいはん》の宿命を背負った事象が数多くあるのですよ」

そのために人々は、様々な出来事を記号化し、敢《あ》えて歪《ゆが》めることで後世に伝えようとする。被害者と加害者の立場を入れ替え、また凶事を吉事に入れ替えて伝承するのである。

「そこから真実を探るのも、我々研究者の務めなんだ」

「民俗学って、まるで推理小説みたいですね」

だからこそ、フィールドワークの最中《さなか》に度々事件に巻き込まれる、異端の民俗学者が存在するのだとは、どうしてもいえなかった。

「こうした調査・分析の場合、真っ先に調べなければならないのが、類型伝承の有無なんです。どの地方に、どのような形で伝承されているか。様々な相違点をデータ化することで、切り落とされたパーツ、歪《ゆが》められたパーツを探ることができるからです。ところが、御蔭講の周辺をどう調べてみても、類型の伝承が見つからない」

特別な解答を期待したわけではなかった。あるいは、愚痴の形を借りて由美子と話をしたかっただけかもしれなかった。だが、

「内藤さん、本当におわかりにならないんですか」

由美子の言葉は、悪意がない故《ゆえ》にこそ内藤を余計に狼狽させた。

「あるんですか、類型が！」

「あの……間違っていたらごめんなさい。わたし小さな時から、御蔭講はあの話の変形に違いないと思っていたものだから」

「あの話というと」

「凄《すご》く有名な話。わらしべ長者伝説って、よく似ていると思いません？」

「本当だ。村人全員へのお告げという要素を、たった一人の男へのお告げに置き換えれば、これはまさしくわらしべ長者じゃないか。どうしてそんなことに、これまで気がつかなかったのだろう」

狼狽は、激しい後悔と自己批判の言葉に変換されて、内藤を責《せ》め苛《さいな》んだ。


翌日。紗幕《しゃまく》のような酔いを後頭部に残しながら校門をくぐると、

「内藤君、いいかな」と、声を掛けられた。ひょろりと長い影が、内藤の影を追い越して、目の前に対峙《たいじ》する。

「目良、どうした」

「うん、ちょっとナ。話があるんだが」

「立ち話じゃ済まないことか」

「できれば、どこか落ち着いた場所で」

その目の奥に退《の》っ引《ぴ》きならない光を見て取って、内藤は拒絶の言葉を失った。

すぐ近くの空き教場に入るなり、

「内藤君、佐江由美子を返してくれないか」

いきなりの目良の言葉に、「返してくれって、それは」と、内藤はほとんど意味不明の返事を呟《つぶや》くしかなかった。

「佐江由美子はうちの研究室に必要な人材なんだ」

「だが、彼女は自分の意志で蓮丈先生の研究室にきたわけで」

「説得してくれないか、戻ってくるように」

「といわれてもなあ、蓮丈先生が認めるかな。教務課の担当とも話がついているはずだし」

「そこをなんとか」

食い下がる目良の表情が尋常ではなかった。背中のあたりに冷たいものを感じながら、同時に内藤のなかに不審が芽生えた。

東敬大学では、同じ学部内であれば、比較的自由に研究室を移動できるという慣例が不文律のうちにある。もちろん、受け入れ先の教授ないしは助教授がそれを認めれば、の話ではあるが。だが、一方で助手に去られた側には、なにがしかの痼《しこ》りが残るのもまた事実である。いったんは研究室を離れた助手が、元に戻るという話は、あまり聞いたことがない。

「三神先生は、それを認めているのか」

内藤の質問に、目良は一瞬の躊躇《ためら》いを見せた。そのせいで「もちろんだ」という答えには、どこかに嘘の匂いがした。なによりも、「必要な人材」といいながら、目良の口調が佐江由美子を商品扱いしている気がして、内藤を不愉快にさせた。

「本人次第だからナ、すべては」

「困るんだ、本当に」

「どうしてそこまで彼女に固執する」

「それは……君だってそうじゃないか」

「たしかに彼女は優秀だからね。蓮丈先生もいたく彼女のことを気に入っている。ぼくの書いているわらしべ長者伝説に関する論文にも、大きな示唆を与えてくれたほどだ。だが、けして彼女に固執しているわけではない。あくまでも彼女がぼくの論文や、蓮丈先生の研究に興味を抱いているという前提のもとに、研究室にいてほしいと願うだけだ」

内藤の言葉が、まったく意図しないところで目良に奇妙な反応を与えた。御陰講伝承のことを、わらしべ長者伝説といい換えたのは、単にそのほうが理解されやすかろうと思ったからだが、目良は「わらしべ長者伝説」と鸚鵡《おうむ》返《がえ》しに呟いたまま、あらぬほうへと視線を泳がせ、やがて向き直ったときには、先ほどとは別の意味で思い詰めた表情になっていた。

「論文……もしかしたら君も講師就任を狙っているのか」

「まっ、まあ、そんなものも、少しは、ねえ」

「そうか、それで彼女を必要としているんだな」

「なにをいっているんだ」

「わらしべ長者……とはな」

それがどうしたのかと問う前に、目良は「失礼する」といい捨てて踵《きびす》を返していた。

目良光一とのやりとりを、一応のつもりで那智に報告すると、その細くて薄い眉《まゆ》がきゅっと吊《つ》り上がった。

「わらしべ長者伝説……と君は目良光一にいったのだね」

「エエ。その御蔭講よりわかりやすいと思ったので」

「そこに気がついたのはたいしたものだと、いいたいが」

「なにか、まずかったでしょうか」

二人の会話が停滞したところに、佐江由美子が出勤してきた。トートバッグからA4サイズの封筒を取り出すと、「これ、もしよかったら参考にしてください」と、内藤に差しだした。

「どうかしたの」

「ラブレターじゃありませんよ。例のわらしべ長者に関する資料です。今朝一番に図書館で調べておきました」

「すまないなあ。いやこれからぼくも図書館にいこうと思っていたんだ」

「じゃあよかった、二度手間にならなくて。それに……結構面白いですよ。わたしも調べながらずいぶんと興味が湧いてしまいました」

「そっ、そうなんだ」

「どちらが原点かはわかりませんが、御蔭講《おかげこう》伝承とわらしべ長者伝説とは、かなり密接な関係にあることを確信しました」

佐江由美子に協力を要請したわけではない。あくまでも彼女の善意が協力の体制を作ってくれただけだと、釈明しようとして那智のほうを向くつもりが、首と肩の随意筋が突然の叛乱《はんらん》を起こして、それを不可能にした。頭のどこかで、「那智の目を見てはいけない。今や彼女の瞳《ひとみ》はゴルゴンの魔力を有して、お前を石と化すだろう」と、わずかに残された理性が囁《ささや》くのを内藤はたしかに聞いた。

「……ミクニ……」

随意筋の叛乱と理性の忠告が、たった一つの単語によって霧散した。ゆっくりと首を回して那智に視線を合わせたが、「すみません、那智先生」といったのは、内藤の唇ではなかった。膝頭《ひざがしら》に額を擦り付けんばかりにして謝る佐江由美子に、「いいんだ、佐江さん。本来ならぼくが一人でやらなければならない仕事を、君に押しつけたんだから」

「それは違います。わたしが勝手にやったことなんです」

「君はあくまでも善意のつもりで」

「差しでがましいことをしてすみません」

「差しでがましいだなんて、そんな」

際限のないやりとりは、那智の「もういい！」という一言で、ぷつりと終止符を打つことを余儀なくされた。

3

『貧乏で運に恵まれない一人の男が、観音菩薩《ぼさつ》に願をかけると「寺を出るときに最初に手にしたものを決して捨てるでない」とお告げを受ける。そうして男が最初に手にしたのは一本の藁《わら》であった』

わらしべ長者伝説として知られる話は、このようにして始まる。

伝承地域によって多少の相違はあるものの、男が藁の先にアブをくくりつけて歩いていると、やがてそれを欲しがる金持ちの家の子供が現われ、男は三つの蜜柑《みかん》とそれを交換する。三つの蜜柑は暑さで倒れた旅人に与えられ、今度はお礼に三反の反物を得ることができる。三反の反物は今にも死にそうな馬と交換され、観音菩薩の功徳によって、馬は元気を取り戻す。そして馬は、急に旅に出ることになったさる家の主人によって、屋敷・田畑と交換されるのである。男はいつしかわらしべ長者と呼ばれるようになった。

「我々が子供の頃に聞いたわらしべ長者の話は、およそこのようなものでした」

内藤の説明に、那智がうんと頷《うなず》いた。

「ところがこれは、原典ともいえる話に真言宗系、特に奈良の本長谷寺《もとはせでら》——真言宗豊山《ぶざん》派——の仏教説話が巧みに取り入れられ、民間に流布《るふ》されたようです」

「原典というのは」

「先ほどの話を《観音祈願バージョン》とするなら、原典は《三年味噌《みそ》バージョン》とでもいいますか……一人の若者が一本の藁を持って旅に出ると、風が吹いて困っている蓮《はす》の葉売りに出逢《であ》います。それを見かねた若者が蓮の葉を縛るために藁をやると、かわりに蓮の葉をもらいます。次に味噌桶《みそおけ》の蓋《ふた》がなくなって困っている家では、蓋代わりにと蓮の葉を与え、お礼に味噌をもらうのです。次に刀鍛冶《かじ》が刀の曇りを取るのに味噌を必要としていると、味噌を与え、その礼に一本の刀をもらう。やがて大蛇によって苦しめられている村にたどり着くと刀で大蛇を退治し、そこの庄屋《しょうや》の娘と結婚して幸せになるというものです。旅の始まりから婿入りまでが、およそ三年かかっているわけです」

「なるほど、御蔭講《おかげこう》伝承が、原典に極めて近い構造をもっていることがわかるね」

「はい、一般に流布されているわらしべ長者伝説にはない、味噌・刀鍛冶といった要素、また離村から長者の婿入りまで、約三年ほどかかっている点などがかなりはっきりと残されています」

「たしか、原始仏典の《ジャータカ》に、似たような話があったな。鼠一匹から交換を始めて、やがて豪商の婿になるという話だったはずだが」

「面白いことに、沖縄にもとてもよく似た伝承があります。一本のわらしべから蓮の葉へ、味噌から鍋を作る鉄に、そして鉄器へ。そしてここがポイントなのですが、若者は鉄器を無償で村人に貸し与えるのです。そのことを伝え聞いた島の王様が、いたく感心して彼を次の王様に指名する」

鉄器を無償で与えるという点では、まさに御蔭講伝承は《沖縄バージョン》の流れを汲《く》んでいることになる。いい換えるなら、《三年味噌バージョン》《観音祈願バージョン》《沖縄バージョン》という、三つの形をすべて含んでいることになるのだ。これを考察することによって、物々交換の繰り返しで所有物の価値を少しずつ高め、最後には頂点ともいえる地位と財を得るという、従来のわらしべ長者伝説に別の意味合いを与えることはできないか。

「というのが、だいたいの骨子なのですが」

進めつつある論文の内容を説明しながら、内藤は押し寄せる不安と必死になって戦っていた。先程から、那智の表情には微塵《みじん》の変化も見られない。もともと表情豊かな人物ではないが、それでも知的興味は、そのかすかな唇の動き、眉の形、眼の光によって明確に現われる。決して短くはない師弟関係のなかで、内藤にはそれがはっきりとわかる。アンドロイドか能面の如《ごと》く、表情に変化がないのは、

——那智先生が、怒っている……！

はたして、

「バージョンの分類、与えるべき考察。従来にはない別の意味合い。いずれも民俗学の解析上必要な方法論ではあるが、しょせんその枠組みから一歩も出ることのない保守的手法でしかないね。さらにいえば、どこをとっても明確なビジョンの見えない抽象論だ」

那智の唇は、口舌で相手を切り刻む凶器と化した。曖昧《あいまい》なところなど一切ない言葉が内藤を打擲《ちょうちゃく》し、矜持《きょうじ》をうち砕いてゆく。

次第に頭のなかから映像も言葉も消え去り、なにも考えることができなくなった。

——ボクハ、ドコニイルノダロウカ。

——ナンダカ、川ノ匂イガスルミタイダガ。

——那智先生ハ悪人デス。

「いつから君は太宰《だざい》になった」という声に、内藤は我に返った。

「あっ、ああ、あなたは」

狐目の男が、すぐ背後で苦笑いを浮かべて立っていることに、そして自分が多摩川の河原を見下ろす土手に膝《ひざ》を抱えて座り込んでいることに、ようやく気がついた。

「どうした、魂でも抜き取られたような顔をして」

「そんなにだらしない顔をしていましたか」

「口は半開きで、視線がトコヨをのぞき見ていた」

「あははは、トコヨはよかったですね。罪と罰の規範にしてマレビトの源泉でもある場所」

あなたこそどうしてこんな所に、と問うと、狐目の男は「教務課の仕事が一段落ついたから」といって、内藤の横に腰をおろした。教務課の仕事に一段落などあり得ないし、ましてや課を取り仕切る立場にある狐目が、デスクを離れることなどできるはずがない。だが、嘘が下手ですねとは、いわなかった。

「なんだか見たことのある顔が、キャンパスを夢遊病者のように歩いているじゃないか。自殺でもされちゃ、夢見が悪いからね」

「口の悪さは相変わらずですねえ。那智先生にやりこめられてぺちゃんこになっているのは事実ですが」

「絶望に押しつぶされて、入水《じゅすい》するほどの蛮勇はもち合わせていない、か」

そのまま後ろに上体を倒すと、蒼天《そうてん》が目に染《し》みた。白い雲ひとはけとしてない見事なほどの青色が、目から胸へと滲《にじ》むのがはっきりとわかった。視界が少しずつぼやけてゆく。狐目の気配が消えるのを感じると同時に、内藤の目から熱いものがふきこぼれはじめた。

「だめだなあ、なにもかもが中途半端で」

だれに語るでもなく呟《つぶや》くと、その額にひどく冷たいものが押し当てられた。「軽く飲まないか」と、いつのまに用意したのか、狐目がよく冷えた缶製品を二本の指で摘《つま》んでいる。ラベルを確認するまでもなく、清涼飲料水ではなかった。内藤が缶を受け取ると同時に自らの分のプルトップを引き、飲み口を傾けて相当量の中身を、狐目が胃に流し込んだ。

「いいんですか、就業中ですよ」

「固いことを、いいなさんナ」

「いつも固いことをいうのは、あなたじゃないですか」

「時と場合によるさ」

一本目の缶ビールを飲み干すと、すぐに次の缶があてがわれた。互いに目を合わせることなく、それでも内藤はいつの間にか自らの置かれた状況をぽつりぽつりと、話しはじめていた。

「結局研究者として、半人前なんでしょうねえ、ぼくは」

「なんだ、今頃気がついたのか。その歳《とし》で一人前を自負などされては、他の研究者の立場がなくなるぞ」

「そりゃあ、そうですが」

「そっちの世界には、ある種の魔力があってね。毒といってもいい。その世界にしか通用しない表現の方法、逆にいえば、それさえ身につけておけば、万事ことが足りると思いこんでしまう危険なやり方が、たしかに存在するんだ。その毒に冒されると、こいつは厄介な仕儀になる」

ことに民俗学の世界は、と狐目が続けた。

どこまで考察を突き詰めてみても、明確な答えの見つからないのが民俗学である。だが、明確な答えが見つからないことと、最初から曖昧《あいまい》なままに捨て置くことは明らかに違う。

「曖昧模糊《もこ》とした民俗学の海を、オール一本で漕《こ》ぎ渡るには、那智先生レベルの強固な意志がなければ、とてもとても」

「彼女だって、おぎゃあと生まれたときからあれほどの鋼鉄《はがね》の女であったはずがない」

「理屈じゃア、わかっているんですが」

「あまり気にしないことだ」

そういって、狐目が「ところで」と話題を変えた。

「三神研究室にいた佐江由美子君のことなんだが」

「彼女がどうかしましたか」

「彼女本人じゃない。同じ研究室にいた助手の目良光一がね」

目良の名前を聞いて、内藤は気持ちを即座に切り替えた。

手短に、目良とのやりとりを聞かせると、狐目が大きく首を縦に振った。

「そうなんだ。午前中に教務課にやってきて、彼女の移籍を取り消せないかと、かなり強引に迫るんだな」

「そいつはいくらなんでも無茶な話だ」

「もちろん、佐江由美子君の承諾なしに、勝手に所属する研究室を元に戻すなどできるはずがない。そういって断ったんだが、目良という男、なかなか引き下がろうとしないんだ。そればかりか、突然、彼女には蓮丈研究室にいる資格がないとまでいいだした」

「なんて、奴だ」

「目良がいうには、これまで彼女が学会誌に発表した論文の大半は、三神教授が以前書いたものの引き写しに過ぎない、とね」

「で、三神教授はなんといっているのですか」

「その件に関してはすべて目良光一に任せている、の一点張りなんだよ。教務課としても困ってしまってね」

三神真一《しんいち》は、国文学研究の世界では第一線に立っているといってよい。だからこそ雑事には関わりたくないのかもしれないが、自分の研究室の助手が暴走している事実は、彼の立場を悪化させるだけではないのか。冗談めかして「たとえばまずい尻尾《しっぽ》を目良に摑《つか》まれているとか」と内藤がいうと、狐目の表情が気むずかしげに引き締まった。

「なにか、悪いことをいいましたか」

「うん……まあ、君ならばいいか。実はそうした噂がずっと以前からあるんだよ」

「三神先生に、ですか？」

狐目が、ゆっくりと頷《うなず》いた。

三神真一と目良光一の師弟関係は、三神がまだ助教授であった時代、目良が学生であった時代にまで遡《さかのぼ》る。目良はゼミナールと研究室付属の研究会を通じて、三神に師事していたという。当然ながら、目良の卒論を担当したのも、三神だった。

東敬大学では、提出された卒論のなかから、学部ごとに優秀なものをいくつかピックアップして、論文集の形で図書室に保管している。

「学生当時から、目良光一の優秀さは際だっていた。ところが、なぜか彼の卒論は選に漏れているんだ」

「それって、まさか」

「目良はそのまま大学院に残り、修士課程を経て三神研究室の助手となっている。彼が修士課程にいる頃のことだが、三神教授はある論文が学界で注目され、それを契機として助教授から教授へと昇任している」

もちろん、三神が学界に発表し、それが注目を浴びたという限りにおいて、たかが国文学科の一学生が書き得たレベルの論文であろうはずがない。

——だが。

どれほど見事な考証が加えられ、そして傍証によって支えられる論文であっても、その核にあるのは、ただ一点の優秀かつ奇抜極まりない発想であることを、内藤は知っている。学界で注目を浴びた論文を、最終的に仕上げたのは三神本人だろう。しかし、その原点にあるものを発想したのが、目良であったとしたら。

「彼は優秀な論文として選抜され、後輩の称賛を浴びるよりも、その発想そのものを三神に捧《ささ》げ、研究室の助手になることを望んだ、ということですか」

「自ら研究者としての道を歩む、第一歩として、ね」

「それにしても、腑《ふ》に落ちないな。だったら、なぜ佐江由美子なんです」

「わからん。だが彼女と目良の動向には少し注目しておくことだね」

「そうですね」

それと、と、狐目がまた話題を変えた。

「先ほどのわらしべ長者の話だが。君がいうところの《観音祈願バージョン》だっけ。考えてみればずいぶんと乱暴な話だと思わないかね」

「乱暴な話、ですか」

「だってそうだろう。来世利益《らいせりやく》ならいざ知らず、観音菩薩《ぼさつ》に祈願するだけで、現世利益が約束されるなんて、これほど人の道を冒瀆《ぼうとく》する話はない」

「まさに、いわれてみればそうですね」

後にわらしべ長者と呼ばれる若者は、自らの努力を一切否定し、ただ流されるままに幸運と財とを得てゆくのである。

「こんな話を聞いたことがあるよ。日本人論の一つとして、なんだが。なあ内藤君、どうして日本人はアイドルを作りたがると思う？」

「それは、日本人ばかりではないでしょう」

「だが、日本人ほど熱狂的になる民族は、珍しいと思うよ」

「そうかなあ」

たしかに日本人はマスコミと一般人とが競うように、アイドル像を作り上げてゆく。だが、それはアジアのどこの国でも起こりうる現象ではないか。そういうと、「決定的な違いがある」と、狐目は真面目《まじめ》な表情でいった。

「内藤君。日本人はね、熱狂の頂点に立つアイドルを作るとほぼ同時に、彼もしくは彼女をいかにどん底に突き落とすかを、策謀する民族だよ。いうなれば、アイドルは貶《おとし》められるために作られているんだ」

そういって、狐目は立ち上がり、去っていった。

4

構造改革と既得権の打破を公約にかかげ、就任当時は国民支持率が九十%近くに達したこともある日本国首相の、最新支持率がついに四十%近くにまで下がり、とうとう不支持率が上回ったというニュースを、内藤はぼんやりと見ていた。

「アイドルは貶められるために作られる」という狐目の言葉が、いつまでも引っかかって脳裏から離れてくれない。

――では、わらしべ長者はどのような形で貶められるのだろうか。

少なくとも伝承にそのような件《くだり》は残されていない。《観音祈願バージョン》においても《三年味噌《みそ》バージョン》においても、主人公のハッピーエンドで物語は終了するのである。御蔭講《おかげこう》伝承もまた然《しか》り、である。

「内藤さん」と佐江由美子に背後から呼ばれたのを機に、内藤は思考を一時中断した。

「どうしました」

「あの……わたしのことで、三神先生の研究室の」

「ああ、目良光一君ですね。いろいろ動いているようですが、心配いりませんよ」

蓮丈那智がいる限り、目良ごときの理不尽はなんでもない。あなたは安心してここを手伝ってくだされば結構。というつもりが、「ぼくにすべて任せてください」といってしまってから、内藤は激しく後悔した。

「いや、決して下心などではなく。これは同僚としてですね、エエ、そうです。同僚の身に降りかかる理不尽を見過ごすわけにはいかないという、決意のようなもので」

「でもそのために、蓮丈先生と内藤さんが不仲になっているって」

「はい？　それはいったい」

「他の研究室のひとから聞きましたけど」

「誤解です、全くの誤解。今取り組んでいる例の御蔭講伝承、あれの解析がうまくゆかなくてね、先生には相当きつい叱責《しっせき》を受けたことも事実ですが、決して不仲だなんて、そんなあなた」

不仲になるほど仲がよくありませんよという言葉は、この際自虐が過ぎるようで、口にはしなかった。

「叱責を受けたときはショックでしたが、もう大丈夫です。なんとなく先が見えてきたところなのですよ」

どうやら、那智に叱責された場面ばかりでなく、ショックのあまり放心状態で研究棟から出てゆく姿まで、だれかに見られていたらしい。狐目《きつねめ》でさえも心配してあとを追ってきたくらいだから、十分に考えられることだった。

「本当ですか」

「もちろんです。あなたを三神先生の許《もと》に返すような真似は決していたしません」

そこまでいってから、内藤はごく自然な疑問に思い至った。

「ねえ佐江さん。どうして目良はそこまであなたにこだわるのでしょうか」

ねえ、と質問を繰り返そうとして佐江由美子の目に浮かんだ涙に気がついた。視線を逸《そ》らさず、内藤を見つめながら涙を流しつづける。反射的に「すみません」といったものの、涙の理由を理解できないでいると、「目良の異様な執着《しゅうちゃく》ゆえ、だよ」と、背後から那智の声が割り込んできた。

「先生!」と、内藤と由美子の声が重なった。

「どうしても佐江君を研究室に戻したい理由が、彼にはある」

「ぼくには理解できません」

那智が佐江由美子のほうを見ると、それがアイコンタクトでもあったのか、由美子は大きく頷《うなず》いた。那智が椅子に腰をおろし、細身の煙草《たばこ》をくわえた。研究室内は禁煙だが、その禁を犯しても構わないほど、大切な話があるらしい。

「目良の異様な執着、と仰有《おっしゃ》いましたよね」

「ああ。まさしく異様な執着以外のなにものでもない」

「どうして目良は、彼女にそこまでこだわらねばならないのですか」

「彼女こそは、目良にとって最愛の女性だから」

驚くほどあっけない言葉に、内藤は拍子抜けしそうになった。が、それはほんの僅《わず》かな間で、すぐに那智の厳しい目つきに、背筋に冷たいものを覚えた。目良光一が最愛の女性である佐江由美子を傍《そば》におきたいばかりに、理不尽な運動を続けているわけではない。那智が全身でそう告げている。

「彼女こそは、ギブ・アンド・テイクの貢《みつ》ぎ物だから」

「どういう意味です。いったいだれに対しての貢ぎ物なのですか？」

「三神教授への」と応《こた》えたのは由美子だったが、その声のあまりに冷え冷えとした響きに、内藤は質問を続けることができなかった。

「わたしと目良君とは、かつては愛し合っていました。けれどわたしはあの人の歪《ゆが》んだ物欲についていけなくなった。だから蓮丈先生に相談をしたんです。以前から先生のお仕事ぶりには共感するものがありましたし。それに……」

「歪んだ物欲というと?」

「彼、思いこみが激しすぎるんです。なにかを手に入れるためには、自分が一番大切にしているものを失わなければ、願いは絶対に叶《かな》わないって」

「それってつまり、ギブ・アンド・テイクですか」

ごく身近で、似たような話を聞いたことがあると思いながら、内藤は佐江由美子の話に聞き入った。

目良光一が初めてギブ・アンド・テイクの原則に気がついたのは小学四年生の時であったという。それまで欲しくて欲しくてたまらなかったラジコンのレーシングカーを、クリスマスプレゼントに買ってもらった夜、最愛の祖母が病院で息を引き取ったらしい。

「第一志望だった東敬大学を、一浪の末に合格する直前、アルバイトでようやく買ったバイクが盗まれたそうです」

「そんなのは、あくまでも偶然でしょう」

「でも、彼はそうは考えなかった。決定的だったのは、卒業論文を『原案をぼくにくれないか。その代わりに修士課程を終えた段階で、ぼくの研究室に助手として勤務してもらうから』と、三神先生が申し出たときでした。以来彼は、欲しいものを手に入れるためには、一番大切にしているものを手放すことが必要だと、思い込むようになったんです」

そんなばかなといいかけた内藤を、「そうかな」と那智が遮った。

「まさしく歪んだ物欲であり、愚かなオカルティズムではあるが、ギブ・アンド・テイクの原則は宗教や民俗学の定義を超えたところで、ちゃんと存在しているじゃないか。歪んだ形というなら、贈収賄事件こそはもっとも歪んだ物欲、ギブ・アンド・テイクの精神に則《のっと》った行為じゃないか」

「じゃあなんですか。目良は彼女を供物《くもつ》にして、かわりになにを」といった瞬間、先日のやりとりが正確に甦《よみがえ》った。

「君の察したとおりだ。彼が今欲しているのは講師の地位だ」

「とすると、もしかしたら三神教授に彼女を」

その先を続けることは、あまりにも馬鹿馬鹿しく、また汚《けが》らわしくてできなかった。

「ところがなあ」と、那智が声を曇らせていった。

「どうしたんです、先生らしくもない」

「それほど世の中は単純にできていないということだ」

那智のいわんとすることはよくわかった。

大学教授が、講師の椅子を餌に助手の付き合っている女性を貢ぎ物として要求する。安物のドラマならいざ知らず、今時の大学で許されるはずのない愚かな行為といってよい。ましてや学界でもそれと知られた三神が、それほど愚かであるはずがなかった。

「ですよねえ。まあなにかと問題があるにせよ、三神先生の評判、それほど悪くはないですからねえ」

「教授は愚か者の供物など望んでいない。むしろ異様な執着に付き合うのはごめんだ、と思っていることだろう。だからといって目良をここで突き放すわけにはいかない。なぜか」

那智が万年筆の先端を内藤に向けた。

「かつて目良の論文を借用したという事実があるから。これは紛れもない三神先生にとっての弱みです」

借用とはいっても、あくまでも核となる発想部分である。誤魔化しようがあるかもしれないが、半ば常軌《じょうき》を逸《いっ》した領域に足を踏み入れている目良を、自らの手で刺激はしたくないだろう。ではどうすればよいか。

「たぶん、三神さんも相当に頭を痛めているだろうね」

那智の言葉に頷きながら、佐江由美子は「だからこそ、あの研究室を離れたのに」

といったが、それは答えを期待しているわけでもない、溜息《ためいき》にしか聞こえなかった。そしてその日から、内藤の頭のなかに新たに「ギブ・アンド・テイク」という言葉が棲《す》みついた。

わらしべ長者は貶《おとし》められるために長者になった。

御蔭講《おかげこう》によって長者になった男と、そうはなれなかった人々は、講という性格上平等に利益を得る必要がある。では長者に匹敵する利益とは、なにか。

長者という地位を、別の記号に置き換えてみる。

《観音祈願バージョン》におけるもっとも重要な要素とはなにか。

神仏の功徳《くどく》？　否《いな》。

「わらしべ長者は、最初から一人ではなかった。そうだ、御蔭講こそがスタートライン上における本来の形であったとしたら」

新宿《しんじゅく》の街を歩きながら、内藤はしきりと独り言を繰り返した。こうして街の雑然とした空気のなかを歩き回ることで、まったく新たな発想を得ることもある。内藤なりの精神集中法の一つであった。

「そうか、すべては観音様のお告げだから仕方がなかったんだ。大切なのはそこじゃないか。御蔭講の場合は地蔵尊だが、これは同系記号上の小さな相違と考えていい」

ふと前方に見知った顔を見た気がして、内藤は意識をそちらに集中させた。すでに夕暮れ時が迫りつつあるが、その顔を見間違えるはずがなかった。

——あれは……目良。

意識したわけではないが、足は自然と目良光一の後を尾《つ》けはじめていた。

大久保《おおくぼ》方面へと向かう目良は、いくつかの路地を縫うようにして、とあるビルに辿《たど》り着いた。そこに入ってゆくのを遠くから確認した上で、内藤はビルに近づいた。かつては雑居ビルだったらしいが、今は店舗——らしきもの——は一軒しか入っていないようだ。郵便受けに『回心堂昆虫標本店』という小さなプレートが見て取れた。

——昆虫標本店？

プレートのことを一晩中考え抜いた翌朝。内藤は、標本の専門店に電話をかけ、昨日の客がなにを買い求めたかを確認した。そして、かつてある事件に巻き込まれた際に顔見知りとなった狛江《こまえ》署の警察官に、密《ひそ》かに連絡を入れた。

5

そもそもわらしべ長者伝説とは、なにか。神仏への信心を人質にした単純なサクセスストーリーであろうはずがない。

「つまり、この伝説――それは御蔭講伝承も含めてですが――、神仏との契約における最低原則がまるで無視されているのです」

内藤の言葉に、佐江由美子が「最低原則とは」と、質問を挟み込んだ。

「つまりは、ギブ・アンド・テイクです」

神仏の力を借りてなにかを手に入れようとする場合、ひとは対価を払わねばならない。だが後にわらしべ長者となる若者は、観音菩薩《ぼさつ》に祈っただけで、藁《わら》から蜜柑《みかん》、反物、馬、家土地と、次々に幸運と財を引き寄せてゆく。

「これは明らかにアンフェアであるといわざるを得ません。だってそうでしょう、すべての権利は彼一人に与えられているのですから。しかし、位相を少し変えることができれば、このゲームは」

ゲームは、といったところで、内藤は言葉を止めた。

室内にいるのは内藤を含めて五人である。蓮丈那智と佐江由美子。狐目。

――そして……。

内藤は五人目の男に視線を向けたが、彼の表情からはなにも見て取ることができなかった。冷静というよりは、無関心に近い。

「話を続けます。このゲームの参加者が、本当は複数であったらどうでしょうか。たとえば一つの集落全員であったとしたら」

すなわち、御蔭講伝承である。お告げをするのは観音菩薩であっても地蔵尊であっても構わない。要するに村人すべてがお告げを受けることが重要なのである。御蔭講伝承の概要を簡単に説明した上で、

「お告げを信じる者がいれば、信じない者もいます。信じなかった人々はこの時点ですでにゲームから退場しているのです。これから先、受け得るであろう幸運と財に背を向けたのですから。信じた人々は次に馬を得ることができました。当然ながらゲームは続行中です。次のステップでまた半数近くの人々が淘汰《とうた》されました。こうしてゲームは淘汰を重ねながら、最終的な勝者を選択するのです。一般に流布《るふ》されているわらしべ長者伝説には、この淘汰という部分が完全に抜け落ちていると考えられます」

「どうしてかね」と、狐目が質問を挟んだ。

「それは……最終的な勝者には、一つの義務があるからです。彼は神仏のお告げによって大きな財をなすことができました。しかしそれは結果ではなく、必然だと考えるべきなのです。神仏との契約における基本原則、ギブ・アンド・テイクという原則に、彼は従わなければなりません。そこに至るまでの過程に、幾人もの候補者がいたことは、隠されなければなりませんでした。あくまでも彼はただ一人でお告げを受け、それによって莫大《ばくだい》な財を得たことにしておかねばならないからです」

ギブ・アンド・テイクという言葉に、五人目の男がようやく反応を見せた。「お判

りですか」と男に問うと、「ああ」と素っ気ない答えが返ってきた。

蓮丈那智の許《もと》に、藁でくくったアブの標本が送りつけられたのは、三日前のことだった。差出人の名はなかった。

その夜。

帰宅を急ぐ那智は、自宅近くの児童公園で何者かに襲われた。だが、彼女が襲撃をあらかじめ察知していたために、犯人は目的を達することができなかった。さらに、那智を密《ひそ》かに尾行・ガードしていた狛江署の警察官によって、犯人——目良光一は現行犯逮捕の運びとなったのである。

「つまりわらしべ長者伝説も、御蔭講《おかげこう》伝承も、目的はただ一つだったのです。それは複数のなかからただ一人を選び出すための儀式です」

「でも、それならくじ引きでもすればいいのではありませんか」

佐江由美子がいった。

「いったでしょう。彼はギブ・アンド・テイクの原則に則《のっと》ることが義務づけられていると」

「義務、というと」

「もちろん、有り余る財に匹敵するほどの犠牲、と考えるべきでしょう。そこで初めて《講》という言葉が生きてくるのです。講とは、貧しい人々が金品を持ち寄り、互いを扶助するためのシステムです。これもまた原則であると仮定するなら、彼の末路は自《おの》ずから見えてくるじゃありませんか。馬にしても味噌《みそ》にしても、いえ、蜜柑だって反物だって、すべては単なる記号に過ぎません。要するに貧しい人々が持ち寄った賞品を、ただ一人の人物が受け取るためのゲーム。そして勝者は今度は全体への奉仕者として、我が身を捧《ささ》げることを要求される、残酷極まりないゲーム。それがわらしべ長者伝説であり、御蔭講伝承の正体なのですよ」

我が身を捧げる行為と一言でいうが、なにも人身御供《ひとみごくう》ばかりが対象ではないはずだ。江戸時代ならば、命を懸けた直訴という行為もあったことだろう。いずれにせよ、だれかが犠牲にならねばならぬ非常事態に陥った折の、せめてもの救済行為だったのではないか。

目良光一は逮捕されたことですべての気力を失ったのか、あっさりと犯行の動機を供述した。それによると、内藤が論文の一件で那智からひどく叱責されたことを利用して、その恨みから彼女を襲ったことに見せかけるつもりであったという。藁でくくったアブの標本を送りつけたのは、内藤が「わらしべ長者伝説に関する論文」という一言を口にしたことから発想したものらしい。論文を酷評されたことで恨み骨髄であることを那智に予告し、恐怖に怯《おび》える彼女を内藤が襲撃したことにしたかったのだという。

「ご主旨は非常に楽しませてもらったが、どうしてこの場所にわたしが呼ばれたのか、そこのところがよくわからないのだが」

五番目の男、三神真一が口を開いた。

「先日、蓮丈先生が目良君に襲われた一件はご存じですね」

「もちろんだ。とんでもない奴だ。それについては陳謝のしようがない」

「彼、どうしても佐江由美子さんを先生の研究室に引き戻したくて、あんなことを思いついたのだそうです」

「そこのところがまったく理解不能なんだ」

「そうでしょうか。彼もまたギブ・アンド・テイクの原則に従っただけのことですよ」

由美子から聞いた目良光一の「思いこみ」について説明しても、三神の表情が変わることはなかった。

「彼は、どうしても彼女を先生への貢《みつ》ぎ物にしたかった。講師という地位を得るためには、そうするしかないと思い込んでいたんです」

「迷惑千万な話だ」

「まったくです。先生にとっては迷惑以外のなにものでもなかったはずです。だが彼は佐江君を引き戻すにはぼくと蓮丈先生が邪魔だと、これまた激しい思いこみのなかで決断したのです。だったらどうすべきか。簡単なことです、エキセントリックな民俗学者に翻弄《ほんろう》されつづけた気の弱い助手が、思いあまって彼女を襲ったことにすればうまく納まると考えたのです」

「なんといったらよいのか……自己弁護するわけではないが、ああした連中の思考にはまったくついてゆけない」

三神の言葉に、初めて那智が口を開いた。

「そう、あなたはうんざりしていたはずだ。目良助手をなんとかしなければ、そのうち自分の地位や名誉を危うくする存在になりかねない」

そういって内藤を振り返った那智が「ミクニ」といった。

「君ならどうする、そんなことになったら」

「そうですね。強いて手段を選ぶとすれば……目良のなかに破壊に至るプログラムを組み込んでやりますか」

いくら君が佐江由美子を引き戻したがっても、今さら蓮丈那智がうんというはずがない。彼女はああ見えて、頑固だから。そういえば、助手の内藤君も論文のことでかなり苦しめられているようだ。きつく叱責されるところを、幾人もの人間が見ているからな。

「彼が標本の専門店に入ってゆくところを見かけたのは、ほんの偶然でした。けれど、そこで彼がアブの標本を買い求めたことを知って、その思考を辿《たど》ることができたのです」

けれど疑問は残った。いくら常軌を逸したとはいえ、己の未来を考えたら道を踏み外すことは容易ではないのでは。

「だが、最愛の女性を人身御供にまで捧げても構わないと思えるほどの人物が彼の傍にいて、自らには決して累が及ばない巧妙な口舌で、彼を誘導していたら」

那智の言葉が三神を激怒させた。

「馬鹿馬鹿しい。すべては君たちの妄想に過ぎない」

「もちろんそうです。言葉遊びの領域を越えることのない、想像に過ぎませんね」

那智の冷静さがよほど気になるのか、「だったらどうして」と、三神が初めて狼狽《ろうばい》の色を見せながらいった。

「彼……目良君の罪状はご存じですか」

「知らん！」

「傷害未遂の現行犯だそうです。しかも実害はありませんから、あまり重い罪にはなりそうにありません」

「なにがいいたい。いずれにせよ、あの男が大学に戻ることはない。あいつはもうお終《しま》いだ」

「その通りです。こんな騒ぎを起こしてしまっては、いくら学界で『先生の論文は、ぼくが卒業論文で書いたものを焼き直したに過ぎない』と主張しても、まあ、たぶん主張の場を与えられることさえないでしょう」

けれど、と那智は続けた。

学問の世界ばかりがすべてではない。すべてに絶望し、今さら大学にも戻ることが叶《かな》わなくなった目良が次に望むものは、いったいなにか。

「それこそ、我が身の破滅によってのみ得られる、純粋な勝利感。その異様な感情は、どこに向けられるでしょう。まして、です。どこかのだれかが、破壊に至るプログラムについて、彼に報《しら》せたとしたら」

その言葉が終わる前に、三神真一は顔を紅潮させ、立ち上がるなり研究室から出ていった。

「自ら認めたようなものですね」と、狐目《きつねめ》がいった。

「けれど、それを証明することは何人《なんぴと》にもできない」

那智の言葉には、なんの感情もこもってはいない。

「でも三神先生、今夜から眠れない夜が続きますよ」

内藤がいうと、ようやく、

「ちょっとお灸《きゅう》が効きすぎたか」といって笑いかけた那智が、表情を元に戻しつつ内藤を振り返った。

「先ほどの御蔭講に関する考察だが」

脇の下に冷たい汗を感じながら「どうだったでしょうか」という内藤の問いに、

「すぐに論文にまとめたまえ。十分に評価してよいと思う」

「あっ、ありがとうございます！」

「とはいうものの、今回は有能な助手がついていてくれたからね。その分は減点対象だ」

有能な助手が、佐江由美子を指していることは、いうまでもない。「そんなことはありません」と由美子は謙遜《けんそん》するが、彼女の助言なしには、考察を完成させることはできなかった。

それともう一つ。

狐目の男の一言と、由美子の双子の妹・与弧沙恵のイメージが内藤のなかで融合し、全く別の結論を生み出したといってよい。

「アイドルは、貶《おとし》められるために作られる……か」

内藤の一言に、那智と由美子がそれぞれに反応した。

「ずいぶんと意味深なことを口にするじゃないか」

「いや、あの、教務課の彼がですね、そんな話をちょっと」

「そうか、彼の助言もあったか。ならばますます減点対象だな」

当の狐目に助けを求めようと室内を探したが、いつの間にかその姿はない。

すると、「意味深ですね、本当に」と、由美子が続けた。

「けれど、わかる気がします。いえ、わたしではなく、妹が重なってしまって。実は内藤先生のお話を聞きながら、わたし、考えていたんです。ああ、もしかしたら妹も同じことを考えたのかなあって」

だからこそ経歴不詳のシンガーなのかもしれない。いつ、どのように貶められても、我が身を隠してしまえるように。

内藤は不意に奇妙な思いに駆られた。なぜ、目良光一はあれほどまでに由美子に執着したのか。もし、由美子自身にもっと別の付加価値があったとしたら。

「あの、佐江さん。まさか、まさか、実はあなたに双子の妹なんてものは存在しておらず、あなたこそが与弧沙恵その人だなんて、悪いジョークは」

内藤の問いに、佐江由美子は「どうでしょう」と笑うばかりだった。

——まさか、……そんな……あり得ないよなあ。

「ところで」と、那智が口調を固くしていった。その口調が変われば、周囲の空気も変わる。

「なんでしょうか、あの」

「先ほどの説明、見事だった。だが、エキセントリックな民俗学者とはだれのことだろう。それに翻弄されつづけた気の弱い助手とは、いったい」

その唇が「ミクニ」というまえに、内藤は我知らず耳を塞《ふさ》いでいた。

解説

法月綸太郎《のりづきりんたろう》（作家）

蓮丈那智《れんじょうなち》シリーズは、異端の民俗学者・蓮丈那智とその助手・内藤三國《ないとうみくに》のコンビが、日本各地の民間伝承の調査研究に携わるなかで遭遇する奇妙な事件の数々を描いた本格ミステリーの連作だ。「フィールドファイルⅡ」と銘打たれた『触身仏《しょくしんぶつ》』は、本文庫から同時復刊された『凶笑面《きょうしょうめん》』に続くシリーズ第二巻。第一巻と同様、五つの短篇で構成されているが、歴史と習俗に関する学問的な解釈とアクロバティックな殺人推理の二刀流に、ますます磨きがかかっている。

今回、那智と三國が挑む謎は——人里離れた場所にある五百羅漢《ごひやくらかん》、死と破壊の神が家内安全と富のシンボルに変貌《へんぼう》した理由、海幸彦・山幸彦伝説と三種の神器の関係、塞《さえ》の神として祀《まつ》られた即身仏、御蔭講《おかげこう》と呼ばれる不可解な伝承の由来、など。いずれもいわく付きの調査案件に招き寄せられたように、関係者の怪死や失踪《しっそう》といった穏やかならざる事件が次々と二人の身に降りかかる……。短篇の名手として語り継がれる作者・北森鴻《きたもりこう》が心血を注いだ連作だけに、二十年以上前のヴィンテージ本でもまったく古びた感じはしない。

　あらためて舌を巻かされるのは、情報量の多さ（民俗学的なディテール）がストーリー展開の妨げになっていないことである。本格ミステリーとしての演出面から見ると、事件のデータを削《そ》ぎ落とし、推理のプロセスを圧縮して書くことで、謎解きのキレを高める工夫がされている。物語の前景を占める事件がソリッドに解かれるからこそ、その背後にひそむ土俗的・因習的な思考法の闇《やみ》深さが際立つというわけだ。

　コンパクトに圧縮された謎解きが説得力を持つには、エキセントリックな性格と天才的な頭脳を併せ持つ蓮丈那智というキャラクターの魅力が欠かせない。ここで見逃せないのはカリスマ的な名探偵・那智とコンプレックスに悩まされる凡人・三國の師弟コンビが、シャーロック・ホームズとワトソン博士の関係をモデルにしていることだろう。

　三國の視点は三人称だが、その語りはほぼ回想録に等しいし、「裏のフィールドファイル」（フィールドワーク中に事件に巻き込まれたせいで発表できなくなった事案）という体裁も、ホームズ譚《たん》の「語られざる事件」を連想させる。シリーズ第一巻の『凶笑面』では、依頼に応じて調査に出向いた地方の旧家や僻村《へきそん》の関係者が殺されるケースがほとんどで、民俗学的な謎と探偵小説的な謎がからみ合った難事件を解決する那智の推理にも、ホームズ的なケレン味があった。快刀乱麻を断つという喩《たと》えがピッタりの、短篇に特化したシリーズ名探偵の王道といってもいい。

とはいえ、こうした探偵小説の定型に忠実な書き方は、北森作品のなかではむしろ異色の部類に入る。作品リストを振り返るとオーソドックスな本格ミステリーより、群像劇風のサスペンスに分類される作風がメインで、判で押したような「名探偵もの」のパターンに徹したのは『凶笑面』ぐらいだろう。「民俗学と本格ミステリーの融合」という難題をクリアするため、蓮丈シリーズが軌道に乗るまではあえて定型の力を借りたようなところがあって、熱心な北森ファンから見ると、型にはまりすぎて窮屈な印象が上回るかもしれない。

作者本人もそんなふうに考えていたふしがある。というのも、北森は前巻に収録された「不帰屋《かえらずのや》」について「もともとこの〝蓮丈那智シリーズ〟は民俗学を取り入れたミステリーということで、非常に制約の多い作品である。短篇の割に資料を多く使わねばならないこともあって、あまり量産のきくものではない。そこへさらに、密室の要素を加えるとなると、作者の苦吟のさまは容易に知れようというもの」と洩《も》らしているからだ。これは一九九九年六月刊の密室アンソロジー『大密室』（新潮社）に向けて書いたエッセイ「密室からの脱出」からの引用だが、すでにこの頃から蓮丈シリーズの制約に不自由さを感じ始めていたのではないか。

そういう意味も含めて、北森鴻という作家の本領が発揮されるのはシリーズ二巻目の本書からだと思う。具体的な「らしさ」として真っ先に目を引くのは、「教務部の狐目の担当者」の役割の変化だろう。『凶笑面』では、調査費をめぐって三國を悩ませる口うるさい男にすぎなかったけれど、本書では頼りない三國の相談役として「触身仏」を除く四編に台詞付きで登場、蓮丈研究室を支える「第三の男」というべき存在に格上げされているのだ。

それだけではない。前巻はフィールドワーク先での事件が主だったが、本書では那智のホームグラウンドである東敬《とうけい》大学キャンパスや歴史・民俗学界の周辺で事件が頻発する。那智に講義レポートを提出した女子学生の焼死事件（「秘供養《ひくよう》」）、学内のカルト宗教サークルの周囲で相次ぐ不審死（「大黒闇《だいこくやみ》」）、学者同士の異種交流の場で起こった殺人事件（「死満瓊《しみつるたま》」）、アカデミックポストをめぐる学内の権謀術数（「御《お》蔭《かげ》講《こう》」）など、研究者としての第三者的な立場を脅かすトラブルばかりである。『凶笑面』の王道パターンを踏襲しているのは、奥羽山脈《おううさんみゃく》の麓《ふもと》の村へ即身仏の調査に赴く表題作「触身仏」のみで、これだけ「狐目の担当者」の出番がないのは、やはり第一巻とのアプローチの違いが意識されていたからだろう。

師弟コンビのキャラクター描写にも、ふくらみと陰影が加わっている。主役の那智はいきなり全治二か月の複雑骨折で入院したり、男性の遺体と一緒の車中で昏睡状態で発見されたり、帰宅途中の公園で暴漢に襲われたり、と災難が続く。前巻の冷徹で人間離れしたイメージを塗り替えるように、弱さを抱えた生身の女性という側面に新たな光が当てられているということだ。エピソードを重ねるごとに「狐目の担当者」の存在感が増し、那智の庇護者《ひごしゃ》という役割が大きくなっていくのもそれと無関係ではないだろう。

対する三國はといえば、『凶笑面』の時点より那智に対するマゾヒスティックな依存度に拍車がかかっているようだ。舞台や事件の性格によるとはいえ、作者がワトソン役いじりのギアを上げてきた印象を受ける。「死満瓊」では思いがけない「ご褒美」を与えられるのだが、那智の方に一切デレる空気がないのは、やはりそうでなくてはならない。

脱線はさておき、もう少し長い目で『触身仏』を見ると、蓮丈シリーズの過渡期的な作品と位置付けることができるだろう。その関係で注目しておきたいのは、那智と肩を並べるもうひとりの北森ヒロイン「旗師・冬狐堂《とうこどう》」こと、宇佐見陶子《うさみとうこ》シリーズの第二長編『狐闇《きつねやみ》』が本書の刊行直前に単行本化されていたことである。とはいえ、シリーズの枠を超えた蓮丈那智と宇佐見陶子の共闘関係、とりわけ『凶笑面』に収録された「双死神《そうししん》」の重要性について、ここでは書ききれないので、二〇二〇年に復刊された徳間文庫版『狐闇』の解説を参照していただきたい。千街晶之《せんがいあきゆき》氏による「北森ワールド」へのツボを押さえた入門ガイドで、『北森史観』と言うべき独自の壮大かつ伝奇的な歴史観」に関するコメントも含め、北森ファンなら一度は目を通しておいて損はないと思う。

さて、本書には目に見える形での「旗師・冬狐堂」へのリンクはない。しかし、今回の五篇の謎の解き方（民俗学的解釈と探偵小説的解決の重ね方）には、宇佐見陶子が初参入した「双死神」での荒業のような、従来の枠に縛られない大胆な手つきが感じられないだろうか。だとすれば、作者が蓮丈シリーズにおいて、本格ミステリーとキャラクター小説のハイブリッドをあの手この手で試していたことの裏付けになるはずだ（ちなみに前記エッセイ「密室からの脱出」が発表された時期は「不帰屋」と「双死神」のインターバルに相当する）。三國の自虐描写が増えているのも、そうした試行の一環だろう。

さらに最終話「御蔭講」で、佐江由美子《さえゆみこ》という新キャラクターが加わる。那智ホームズと三國ワトソンという基本形を維持しながら、群像劇としての層の厚みを増す方向へ舵《かじ》を切ったといってもいい。本書に続く第三巻『写楽《しやらく》・考《こう》』では、「狐目の担当者」と佐江由美子も含めた四人編成チームの結束がますます強くなる。同書の表題作では、宇佐見陶子も加わって「北森鴻オールスターズ」的な展開が繰り広げられ、並行して作者の絶筆となる蓮丈シリーズ唯一の長篇『邪馬台《やまたい》』への布石が打たれていく……。

シリーズ作品を発表順に読んでいく醍醐味《だいごみ》のひとつは、脇役も含めたレギュラー陣の経年変化を見届けることにある。『凶笑面』の岩井圭也《いわいけいや》氏による解説には、タイムパフォーマンス（時間対効果）の良し悪しをめぐる考察が記されているけれど、キャラクターの熟成を味わうには、読み手の側にも手間と時間をかけてコツコツと物語に付き合っていくことが必要とされるのではないか。長い目で『触身仏』を過渡期的・試行的な作品と位置付けるのは、そのような意味においてである。

最後にもうひとつ、本書の連作短篇集としての小粋な仕立てについて触れておきたい。北森作品には『メイン・ディッシュ』『共犯マジック』を始めとして、「連鎖式」と呼ばれる手法（独立した複数の短篇がリンクして、最終的に一本の長篇のごとき物語を浮かび上がらせる趣向）を取り入れた短篇集がいくつもある。「連鎖式」にはエピソードごとにタッチを変え、さまざまな語り口を盛り込めるという利点があるのだが、蓮丈シリーズの本書にはそれとは少し異なった趣向が凝らされている。連作の各篇で民俗学的なモチーフがバトンリレーのように受け渡しされる、という高等テクニックだ。

例を挙げると、「秘供養」の終盤で言及される仏像の分類が「大黒闇」のヒンズー教の神々のランク付けにつながり、「大黒闇」の鉄器文明に関する考察が……（以下略）という具合。そして、最終話「御蔭講」の民俗学的アイデアは思いがけない形で巻頭の「秘供養」にリンクするけれど、これはいわゆる「連鎖式」のどんでん返しとはひと味ちがう、らせん状の解釈ループめいた仕立てになっているようだ。『触身仏』という本がいわく言いがたい、独特のオーラをまとっているのは多分そのせいだし、パターン化したどんでん返しに飽き足らない作者にとっても、本書の締め方は会心の出来だったのではないか。

本書は、二〇〇五年八月に刊行された新潮文庫を加筆修正したものです。

扉裏デザイン／青柳奈美

触身仏《しよくしんぶつ》

蓮丈那智《れんじようなち》フィールドファイルⅡ

北森《きたもり》 鴻《こう》

令和6年 4月25日　初版発行
令和6年 5月20日　再版発行

発行者●山下直久

発行●株式会社KADOKAWA
〒102-8177　東京都千代田区富士見2-13-3
電話　0570-002-301(ナビダイヤル)

角川文庫 24131

印刷所●株式会社KADOKAWA
製本所●株式会社KADOKAWA

表紙画●和田三造

ISBN 978-4-04-114079-6　C0193

◆◇◇

角川文庫発刊に際して

角　川　源　義

第二次世界大戦の敗北は、軍事力の敗北であった以上に、私たちの若い文化力の敗退であった。私たちの文化が戦争に対して如何に無力であり、単なるあだ花に過ぎなかったかを、私たちは身を以て体験し痛感した。西洋近代文化の摂取にとって、明治以後八十年の歳月は決して短かすぎたとは言えない。にもかかわらず、近代文化の伝統を確立し、自由な批判と柔軟な良識に富む文化層として自らを形成することに私たちは失敗して来た。そしてこれは、各層への文化の普及滲透を任務とする出版人の責任でもあった。

一九四五年以来、私たちは再び振出しに戻り、第一歩から踏み出すことを余儀なくされた。これは大きな不幸ではあるが、反面、これまでの混沌・未熟・歪曲の中にあった我が国の文化に秩序と確たる基礎を齎らすためには絶好の機会でもある。角川書店は、このような祖国の文化的危機にあたり、微力をも顧みず再建の礎石たるべき抱負と決意とをもって出発したが、ここに創立以来の念願を果すべく角川文庫を発刊する。これまで刊行されたあらゆる全集叢書文庫類の長所と短所とを検討し、古今東西の不朽の典籍を、良心的編集のもとに、廉価に、そして書架にふさわしい美本として、多くのひとびとに提供しようとする。しかし私たちは徒らに百科全書的な知識のジレッタントを作ることを目的とせず、あくまで祖国の文化に秩序と再建への道を示し、この文庫を角川書店の栄ある事業として、今後永久に継続発展せしめ、学芸と教養との殿堂として大成せんことを期したい。多くの読書子の愛情ある忠言と支持とによって、この希望と抱負とを完遂せしめられんことを願う。

一九四九年五月三日